Más que una aventura

Julia James

Editado por HARLEQUIN IBÉRICA, S.A.
Núñez de Balboa, 56
28001 Madrid

MÁS QUE UNA AVENTURA, N.º 1895 - 21.1.09
Título original: Greek Tycoon, Waitress Wife
Publicada originalmente por Mills & Boon®, Ltd., Londres.

I.S.B.N.: 978-84-671-6821-1
Depósito legal: B-49553-2008
Editor responsable: Luis Pugni
Preimpresión y fotomecánica: M.T. Color & Diseño, S.L.
C/. Colquide, 6 portal 2 - 3º H. 28230 Las Rozas (Madrid)
Impresión y encuadernación: LITOGRAFÍA ROSÉS, S.A.
C/. Energía, 11. 08850 Gavá (Barcelona)
Fecha impresion para Argentina: 20.7.09
Distribuidor exclusivo para España: LOGISTA
Distribuidor para México: CODIPLYRSA
Distribuidores para Argentina: interior, BERTRAN, S.A.C. Vélez Sársfield, 1950. Cap. Fed./ Buenos Aires y Gran Buenos Aires, VACCARO SÁNCHEZ y Cía, S.A.
Distribuidor para Chile: DISTRIBUIDORA ALFA, S.A.

Capítulo 1

ALEXEIS Nicolaides miró a su alrededor con desagrado. Había sido un error ir a aquel lugar. Un error hacerle caso a Marissa. Sólo iba a estar en Londres veinticuatro horas, y cuando salió de aquella reunión de trabajo en la City que había durado todo el día y regresó a la habitación del hotel, lo único que quería era encontrarla allí esperándolo. Entonces cuando hubieran acabado con las formalidades educadas, Alexeis habría hecho lo que le interesaba fundamentalmente de Marissa: llevársela a la cama. Y sin embargo, había terminado en aquella galería de arte abarrotada de gente, aburridísimo y rodeado de idiotas que rodeaban a Marissa con la boca abierta. En aquel momento, ella estaba haciendo gala de sus conocimientos sobre el mercado del arte y el valor financiero del artista que exponía. A Alexeis no podían importarle menos ambas cosas.

Y a cada minuto que transcurría le importaba también menos Marissa y la idea de pasar más tiempo con ella. Ni ahí, ni tampoco en la cama.

Un gesto de creciente indignación se fue formando en sus ojos, y Alexeis tomó una decisión. Marissa tendría que irse. Hasta el momento no había sido un problema mayor que el que suponía cualquier mujer, porque todas ellas, invariablemente, deseaban quedarse en su vida más de la cuenta. Pero tres meses con Marissa, que además de deseable era inteligente, la habían llevado a creer que podía empezar a exigir cosas.

Como insistir en que Alexeis la llevara a aquella inauguración. Sin duda pensaba que una ausencia de una semana habría alimentado su deseo por ella, y por tanto estaría dispuesto a complacer sus caprichos.

Alexeis entornó sus oscuros ojos.

Error. Él no era de naturaleza complaciente. La fortuna de los Nicolaides siempre había significado que él tenía la última palabra en lo que a mujeres se refería. Escogía las que le gustaban y ellas hacían lo que él decía, o si no se quedaban fuera. No importaba lo hermosas o deseables que fueran, ni la opinión que tenían de sí mismas.

Marissa Harcourt se tenía en gran estima. Era increíblemente chic, tenía un atractivo que hacía que las cabezas se giraran, buena posición social, un título de Oxbridge y una profesión bien pagada en el mundo del arte. Sin duda, ella consideraba aquellos atributos suficientes no sólo para unirse a un hombre como Alexeis, sino para retenerlo a su lado para siempre.

Eso era lo que habían pensado también sus predecesoras. Adrianna Garsoni, con su exótico aspecto y su posición de diva con voz de soprano en La Scala, había creído que casarse con Alexeis supondría que el dinero de los Nicolaides serviría para promocionar su carrera. En el momento en que Adrianna mostró sus cartas, dejando claro que el matrimonio estaba en sus planes, Alexeis se había librado de ella. Su reacción fue de lo más virulenta, pero para él resultó irrelevante. Al lado de la tempestuosa personalidad de Adrianna, Alexis había recibido encantado el estilo parsimonioso de Marissa y había disfrutado de su naturaleza sensual en la cama.

Pero ahora, al parecer, ella también tendría que marcharse, pensó irritado. Ya tenía suficiente con todo lo que estaba pasando en su vida. Los pensamientos de Alexeis se dirigieron hacia su casa, y apretó los labios en gesto automático. Su padre acababa de casarse con su quinta esposa, y estaba demasiado ocupado para preocuparse de los problemas y la presión que suponía dirigir un negocio global. En cuanto a su hermanastro, Yannis, nacido del segundo matrimonio de su padre, estaba también demasiado ocupado disfrutando de los placeres de los deportes de alto riesgo y de mujeres de mayor riesgo todavía. Alexeis apretó todavía más los labios.

En cualquier caso, era consciente que lo último que deseaba era que su padre tratara de intervenir en la forma en que él llevaba las empresas, o que Yannis intentara meter un pie dentro. En aquel último punto al menos, Alexeis estaba completamente de acuerdo con su madre. Berenice Nicolaides estaba absolutamente decidida a que el hijo de la mujer que le había quitado el puesto no metiera mano en lo que ella consideraba el derecho de herencia de su propio hijo, nada menos que el control total y permanente del Grupo Nicolaides.

Alexeis no siempre estaba de acuerdo con su madre. Y uno de los aspectos que peor llevaba era la fijación que tenía su madre por que se casara con una heredera, a ser posible griega, tanto para consolidar su posición económica como para presentarle a su padre un nieto que continuara con la dinastía de los Nicolaides. Los constantes intentos de su madre por buscarle pareja exasperaban a Alexeis.

Igual que le estaba exasperando ahora el discurso de Marissa sobre el mercado del arte. Consideró la posibilidad de terminar con su relación en aquel mismo instante. El problema era que si lo hacía, tendría que pasar otra noche solo. Aquella opción le puso de mal humor, y llamó con gesto imperativo a una de las camareras que circulaban con las bandejas de bebidas. Cuando sus dedos agarraron la base de una copa de champán, se la quedó mirando fijamente sin darse cuenta.

Tenía el cabello largo y rubio recogido en la nuca, y

un rostro ovalado de facciones perfectas, piel traslúcida, una nariz pequeña y recta y los pómulos marcados. Unos ojos grandes color gris claro ribeteados por largas pestañas completaban el conjunto. Un conjunto delicioso. El primer pensamiento de Alexeis resultó inevitable. ¿Qué hacía una joven con ese aspecto trabajando de camarera?

Agarró la copa, murmuró las gracias, y los ojos de la joven se cruzaron con los suyos.

Alexeis vio como a cámara lenta el modo en que ella reaccionaba a la manera en que la estaba mirando. Sus ojos gris azulado se agrandaron y entreabrió ligeramente los labios. Durante un largo instante pareció indefensa. Ésa era la palabra, pensó Alexeis. Como si no pudiera hacer otra cosa más que mirarlo a los ojos y permitir que él la observara. Alexis sintió de repente cómo su humor mejoraba sin saber bien por qué. La joven era realmente preciosa.

–No hay agua mineral.

La voz de Marissa resultó como una bofetada de queja. La camarera pareció agitada. Apartó la mirada de Alexeis y se acercó a la mujer que estaba a su lado.

–Lo... lo siento mucho –aseguró.

Alexeis se fijó en que tenía una voz muy suave, y parecía estar muy nerviosa. La bandeja, repleta de copas y vasos llenos hasta rebosar, le tembló ligeramente entre las manos.

–Bueno, no te quedes ahí como una tonta –le espetó Marissa, irritada–. Ve a traerme una. Sin gas y sin limón.

–Sí, sí, por supuesto –la joven tragó saliva y se giró para marcharse. Al hacerlo, uno de los invitados se echó repentinamente hacia atrás y chocó contra ella. Alexeis estiró instintivamente la mano para agarrar la bandeja, pero fue demasiado tarde. El vaso de zumo de naranja que estaba más cerca del borde se tambaleó peligrosamente y luego cayó hacia delante, estrellándose contra el suelo y vaciando su contenido en el vestido de cóctel de Marissa.

–¡Eres una estúpida! –la voz de Marissa era un chillido estridente–. ¡Mira lo que has hecho!

Una mueca de horror convulsionó las facciones de la joven.

–Lo… lo siento –fue todo lo que pudo decir.

Se hizo un espacio vacío a su alrededor, y un hombrecillo menudo y con expresión horrorizada y al mismo tiempo furiosa increpó a la camarera.

–¿Qué está pasando aquí? –inquirió.

–¿Acaso no está claro? –la voz de Marissa seguía resultando estridente–. Esta idiota me ha destrozado el vestido.

La mirada de asombro del hombrecillo se hizo más contundente, y se lanzó al instante a disculparse a gritos, pero Alexeis le cortó en seco.

–Sólo se te ha mojado un poco la parte de arriba, Marissa –dijo con frialdad–. Si le pasas una esponja, se secará. La tela es oscura, no se notará.

Pero aquello no le sirvió de consuelo a Marissa.

–Idiota sin cerebro –volvió a insultar a la joven.

Alexeis le agarró la muñeca con una mano.

–Ve al baño –no era una sugerencia. Lanzándole una mirada fulminante, Marissa se marchó.

Mientras tanto, el hombre menudo había mandado venir a otros camareros, que se apresuraron a limpiar con trapos y una fregona los restos de zumo de naranja que se habían derramado por el pulido suelo de madera. También le había dicho a la camarera que se fuera mientras Alexeis estaba hablando con Marissa. La vio escabullirse con los hombros encogidos hacia el fondo de la galería.

Entonces el hombrecillo comenzó a disculparse fervientemente con Alexeis, pero a él no le interesaba.

–Ha sido un accidente –dijo cortante asintiendo para que se marchara de una vez. En cuanto se vio a solas, aprovechó la oportunidad para acercarse al mostrador de recepción de la entrada.

–Dígale a la señorita Harcourt que he tenido que marcharme –dijo saliendo de la galería mientras sacaba el móvil para llamar a su chófer. Le enviaría a Marissa un cheque para que se comprara un vestido nuevo y alguna joya para acompañarlo. Con eso sería suficiente. Aquello significaba también que aquélla iba a ser sin duda una noche célibe.

Sin desearlo, se vio pensando en la camarera a la que Marissa había regañado. Era una joven muy deseable. No de forma obvia ni coqueta, pero no cabía duda de que aquel uniforme blanco y negro, unido a su cabello rubio y a aquellos ojos grandes componían un conjunto muy atractivo.

El cuerpo de Alexeis reaccionó poniéndose tenso.

¡Maldición, aquélla no era la respuesta adecuada para el momento! Por muy deseable que fuera la joven, no era la clase de mujer con la que él solía relacionarse. Además, no estaba acostumbrado a liarse con chicas de manera accidental. Las seleccionaba cuidadosamente, no sólo por su aspecto, sino mirando que encajaran en su estilo de vida, y que por supuesto no buscaran un compromiso.

Su coche apareció en la acera y Alexeis se subió. Aquella noche tendría que trabajar, eso era todo. En cualquier caso, por la mañana iba a volar a Nueva York, y allí conocía a un buen surtido de mujeres con las que sustituir a Marissa.

Se acomodó en el asiento de cuero, mirando con indiferencia por el cristal tintado mientras el coche avanzaba por Bond Street. Volvieron a pasar por delante de la galería, y sintió un gran alivio al no ver ni rastro de Marissa. Sintió una punzada en la conciencia por haber terminado su relación de manera tan abrupta, pero no le hizo caso. Estaba a punto de desviar la mirada cuando una figura captó su atención. Caminaba deprisa, con los hombros encogidos y la rubia cabeza inclinada. Un impermeable la envolvía por completo, llevaba las manos en los bolsillos y un bolso cruzado a un lado. Era la camarera.

Bruscamente, sin ninguna razón que pudiera justificar, Alexeis apretó el botón del intercomunicador.

–Detenga el coche –le ordenó al chófer.

Capítulo 2

CARRIE siguió caminando. Si caminaba no tendría que pensar. No pensaría en que acababa de perder su trabajo. Una vez más. ¿Estaba condenada a no conservar un solo empleo?, pensó con tristeza. Había sido culpa suya, desde luego, no podía culparlos por echarla. Era consciente de que se había distraído fatalmente por aquel hombre tan increíble. Si no hubiera estado babeando delante de él de manera tan estúpida, habría estado más atenta. Pero no había podido evitarlo. ¡Realmente era un hombre increíble! Era la única palabra que se le ocurría. Nunca había visto a alguien tan guapo, que provocara semejante impacto. Tan alto, moreno y atractivo. Y cuando la miró a los ojos…

Carrie volvió a experimentar el estremecimiento que la había dejado en aquel momento sin palabras, cuando sintió el impacto de aquellos ojos oscuros y de largas pestañas clavados en los suyos. Hubo algo en ellos que le dejó los pulmones sin aire. Entonces su acompañante le pidió agua y la magia pasó. Y entonces… entonces tuvo lugar el desastre.

El señor Bartlett le había bufado cuando la encontró al fondo de la galería, y la despidió allí mismo. Carrie se dijo que tenía mucha suerte por no tener que pagar el vestido de la mujer, que sin duda costaría cientos de libras. Pero la habían despedido sin pagarle el sueldo, que serviría para pagar la tintorería especial que haría falta, según el señor Bartlett.

Bueno, al menos ahora podría buscarse un trabajo

de día. Sólo llevaba tres meses en Londres, y se alegraba de haber podido marcharse de su casa y de la tristeza y el angustioso recuerdo de los últimos días de su padre. Por no hablar de las amables ofertas de ayuda económica que nunca podría aceptar.

Pero Londres era un lugar inhóspito, sobre todo si la economía estaba tan ajustada como la suya. Le costaba trabajo mantener la cabeza fuera del agua, pero tenía que hacerlo, al menos hasta que terminara el verano y volviera otra vez a Marchester a retomar su vida, aunque sería doloroso sin su padre.

Había otro aspecto de Londres que tampoco le gustaba. El problema que ella tenía. Eso fue lo que le hizo perder el primer trabajo que tuvo. Trabajaba en un bar de tapas, y un cliente le había tocado una pierna. Asombrada y disgustada, le dio una fuerte palmada en la mano. El hombre se quejó y la despidieron. Para Carrie resultaba muy duro que la trataran así, o incluso que la miraran como solían hacerlo los hombres, tan sórdidamente. Aunque aquella palabra no servía para definir el modo en que aquel hombre la había mirado. En ese momento había provocado que ella se quedara sin respiración.

Carrie volvió a sentir la misma tirantez en el pecho al recordar su mirada. Aquel hombre era una fantasía para cualquier mujer. Y probablemente también sería rico, porque eso era lo que parecían todos los invitados de la galería. Carrie torció la boca. Fuera como fuese, pertenecía a un Londres que a ella le estaba vedado, el que vislumbraba desde el otro lado, donde estaba la gente como ella que servía a los que eran como él y permanecían en el anonimato sin molestar.

Carrie volvió a sentirse deprimida, y apretó el paso, encogiendo inconscientemente los hombros. Todavía le quedaba un buen trecho hasta llegar a la triste casa de habitaciones de Paddington.

De pronto se detuvo. La puerta de un coche acababa de abrirse delante de ella, obligándola a rodearla para seguir su camino. Cuando estaba a punto de hacerlo, escuchó una voz,

–¿Te encuentras bien?

Carrie giró la cabeza. Una voz profunda y teñida de un acento que no supo reconocer surgió del interior del coche. Al mirar a quien había hablado, los ojos se le abrieron de par en par. Era el hombre de la galería. Carrie sintió una punzada de angustia. ¿Iba a exigirle dinero por el vestido de su acompañante?

El hombre estaba saliendo del coche, y ella dio un paso atrás. Era más alto de lo que recordaba, e incluso más atractivo todavía.

–¿Es…esto es por el vestido? –le espetó agarrándose al bolso con tensión.

El hombre frunció el ceño, lo que le hacía parecer todavía más amenazante en su traje oscuro hecho a medida.

–¿Por qué no estás en la galería? –le preguntó sin responder a su pregunta.

Carrie tragó saliva. Parecía más una acusación que una pregunta.

–Me han despedido –fue lo único que pudo decir.

El hombre dijo algo en un idioma que ella no reconoció. Carrie se agarró con más fuerza al bolso.

–Siento mucho lo del vestido. El señor Bartlett dijo que utilizaría mi sueldo para limpiarlo, así que espero que quede bien.

El hombre hizo un gesto de impaciencia con la mano.

–Ya se están ocupando del vestido –aseguró–. Pero dime, ¿quieres recuperar tu trabajo? Si es así, yo me encargaré de ello. Está claro que lo que ocurrió fue un accidente.

Carrie sintió que las mejillas se le sonrojaban.

–No por favor –aseguró–. Quiero decir, gracias por la intención. Y siento mucho lo del vestido –terminó bruscamente. Luego hizo amago de seguir caminando. Pero el hombre la sujetó del hombro.

–Deja que te lleve donde vayas –la voz le había cambiado en cierta forma. Ya no parecía tan cortante.

–No, gracias –respondió ella sintiendo su mano abrasándole el codo–. Puedo ir caminando.

Los ojos del hombre reflejaron algo parecido a la sorpresa, o eso le pareció ver a Carrie.

–De todas maneras, insisto –dijo el hombre–. Es lo menos que puedo hacer por ti. Si hubiera sido más rápido, podría haber sujetado la bandeja. Y ahora dime, ¿dónde quieres que te lleve?

La presión del codo había aumentado imperceptiblemente, y Carrie sintió cómo la guiaban sin que se diera casi cuenta al interior del coche. Una vez dentro, buscó a la joven morena, pero no estaba allí.

–¿Dónde está tu novia? –preguntó sin pensar en lo que decía. El hombre se acomodó a su lado en el asiento y la miró con el ceño fruncido.

–¿Novia?

–La mujer a la que le derramé el zumo por encima.

–No es mi novia –el hombre pronuncio aquella palabra como si le resultara completamente extraña.

Carrie sintió que algo se le despertaba. Algo que sabía que resultaría inútil, pero no pudo evitarlo. Aquella morena tan chic no era su novia. Volvió a tragar saliva.

–Si me dejas al final de Bond Street, perfecto. Muchas gracias.

El hombre no dijo nada, se limitó a decirle al chófer dónde tenía que ir y el coche se puso en marcha. Carrie se reclinó en el asiento de cuero. Nunca había estado en un coche tan lujoso. El hombre apretó un botón y en el espacioso hueco que los separaba se desplegó una bandeja. Carrie abrió los ojos de par en par. Había una botella de champán y varias copas. Antes de que pudiera decir o hacer nada, observó con asombrada fascinación cómo el hombre levantaba la botella y la abría con pericia antes de servir una de las copas y ofrecérselas. Carrie la agarró sin saber lo que hacía. El hombre sonrió casi imperceptiblemente y luego rellenó su propia copa antes de dejar la botella en su sitio. Luego se giró para mirar a Carrie.

–Es un champán muy bueno –dijo con una breve sonrisa antes de llevarse la copa a los labios–. Pruébalo.

Carrie dio un sorbo a su copa. El líquido dorado se deslizó por su boca. Ella nos sabía nada de champán, pero estaba delicioso.

–Delicioso –dijo en voz alta. No sabía qué más decir. Estaba bebiendo champán con un desconocido alto, moreno y guapo. Aquello era algo que no le sucedería dos veces en la vida, así que más le valía disfrutar de la experiencia.

–Me alegro de que te guste –dijo el hombre bebiendo a su vez. Estiró las largas piernas hacia delante. Sus ojos se posaron en Carrie, que no pudo evitar sentir una punzada de excitación–. Y dime, ¿dónde te gustaría cenar esta noche? –su voz resultaba ahora más suave que nunca.

–¿Cenar? –Carrie dio un respingo.

–Por supuesto –aseguró el desconocido como si fuera lo más lógico mientras señalaba su copa medio vacía.

Carrie lo miró fijamente a los ojos. Él le sostuvo la mirada.

–Pero... no te conozco de nada –aseguró en voz baja–. Podrías ser cualquiera.

A Alexeis nunca le habían dicho antes que podría ser «cualquiera». La novedad le intrigaba. Pero para él todo aquello era una novedad, lo que había hecho, lo que seguía haciendo y lo que pensaba hacer. Nunca había vivido una experiencia semejante. Pero después de todo, la joven tenía razones para mostrarse cautelosa.

Una ciudad como Londres podía resultar peligrosa para las mujeres hermosas y vulnerables.

Alexeis se metió la mano en el bolsillo de la camisa y sacó una un tarjetero de plata.

–Confío en que esto te tranquilice –dijo abriéndola y ofreciéndole una tarjeta.

–Alexe-is Ni-Nicol-ai-des –leyó Carrie, vacilando sobre las desconocidas silabas.

–Habrás oído hablar del grupo empresarial Nicolaides… –comentó él con cierta arrogancia.

La joven negó con la cabeza.

Alexeis volvió a experimentar la misma sensación de novedad. Nunca había conocido a nadie que no hubiera oído el nombre de Nicolaides. Aunque por supuesto, él se movía en círculos de dinero. ¿Por qué esperaba que una sencilla camarera supiera esas cosas?

–Cotiza en varias Bolsas, y tiene un valor cercano al billón de euros. Yo soy el director, y mi padre el presidente. Así que ya ves, soy bastante respetable. Por lo tanto, estás completamente a salvo.

Carrie lo miró. Su rostro reflejaba incertidumbre. Tenía que bajarse. Tenía que pedirle que detuviera el coche para regresar andando a la destartalada casa en la que no conocía a nadie y donde cenaría un poco de queso fundido, como siempre. La perspectiva no resultaba en absoluto apetecible.

¿Estaría muy mal que cenara con aquel Alexeis Nicolaides, o como se llamara? No era su obvia riqueza, ni el coche lujoso ni las copas de champán lo que la tentaba.

Era el hombre. El hombre que la había dejado sin respiración la primera vez que lo vio. El hombre al que era incapaz de dejar de mirar porque se trataba de la criatura más atractiva que había visto en su vida.

–Entonces –dijo Alexeis interrumpiendo sus pensamientos–, ¿vas a cenar conmigo?

La expresión de incertidumbre de Carrie se hizo más intensa.

–Mm –comenzó a decir–. No... no lo sé –entonces guardó silencio y se lo quedó mirando, como si esperara que él tomara la decisión por ella.

Y lo hizo.

–Bien –afirmó Alexeis–. Entonces está decidido. Lo único que tenemos que pensar ahora es dónde quieres cenar. ¿Quieres escoger algún lugar en particular?

–Yo... la verdad es que no conozco sitios en Londres –aseguró.

–Por suerte yo sí –Alexeis sonrió antes de darle otro sorbo a su copa–. Todavía no me has dicho tu nombre.

–Me llamo Carrie. Carrie Richards –respondió ella casi vacilante.

¿Era reacia a darle su nombre? La novedad volvió a intrigar a Alexeis, al igual que el sonrojo de sus mejillas. Normalmente, las mujeres estaban deseando hacerle saber quiénes eran, llamar su atención.

–Carrie –repitió él, y alzó la copa para brindar–. Encantado de conocerte, Carrie –dijo con una sonrisa.

Ella se mordió el labio, todavía confundida por aquella aventura. Dio otro sorbo a su copa de champán, sintiendo cómo su calor se le deslizaba por la garganta. También parecía discurrirle por las venas. De pronto se sintió chispeante, como si a su alrededor todo se hubiera vuelto ligero. La ansiedad por haber perdido el trabajo, la soledad de Londres, todo parecía ahora lejano, y Carrie se sentía contenta y agradecida hacia el hombre que había disipado aquellas sensaciones negativas.

–¿Dónde vamos? –preguntó, encantada de pronto con la idea.

–Mi hotel está al lado del río, y tiene un restaurante excelente de tres estrellas Michelin –aseguró Alexeis.

Una expresión de súbito desmayo cruzó el rostro de Carrie.

–¡Oh, no puedo ir a ningún restaurante! Acabo de darme cuenta de que llevo este estúpido uniforme.

–Eso no será un problema. Confía en mí –dijo él haciendo un gesto con la mano para quitarle importancia.

Alexeis volvió a sonreír, y durante un instante, Carrie sintió una punzada de incomodidad.

–¿Has vivido siempre en Londres? –le preguntó entonces él.

–No, sólo llevo aquí unos meses –negó ella con la cabeza–. Pero odio vivir aquí. La gente es antipática y siempre tiene prisa.

–Entonces, ¿por qué sigues aquí? –Alexeis parecía sorprendido.

–El trabajo está en Londres –respondió ella encogiéndose ligeramente de hombros.

–¿En tu ciudad no hay camareras?

Parecía como si Carrie fuera a decir algo, pero se lo pensó mejor. Alexeis lamentó haber dicho aquello. Tal vez ella pensó que se trataba de un sarcasmo, pero no había sido ésa su intención. Lo que ocurría era que le sorprendía que una mujer tan hermosa como ella hablara con tanto disgusto de Londres. Debía tener a cientos de hombres pululando a su alrededor, y podría escoger al que quisiera. En cuanto aquella imagen se le formó en la cabeza, Alexeis reaccionó. Era consciente de que estaba actuando siguiendo un impulso, pero aun así no quería que Carrie escogiera a ningún otro hombre.

–Y dime, ¿de dónde eres? –preguntó retomando la conversación.

–Eh… de Marchester –respondió ella–. Es una ciudad pequeña del centro del país.

Alexeis no había oído hablar de ella, ni tampoco le interesaba demasiado. Pero dio una respuesta anodina y luego continuó la charla sin prestar mucha atención. Le interesaba bastante más observar cómo se le había soltado un mechón de su rubio cabello que ahora le acariciaba la mejilla. Estaba impaciente por llegar al hotel y sentarse frente a ella en la mesa, con buena luz, para poder disfrutar de su suave belleza.

Finalmente llegaron a la entrada de uno de los hoteles más prestigiosos de Londres, que tenía unas vistas impresionantes a la ribera. Cuando el conductor paró el vehículo, Alexeis lo rodeó para ayudarla a bajar. Carrie aceptó vacilante su mano. La mirada de Alexeis se dirigió hacia el trocito pequeño de pierna cubierta con una media negra que asomaba bajo su impermeable. Carrie miró a su alrededor nerviosa.

–No te preocupes. No te voy a llevar a un restaurante lleno de gente –le aseguró–. Arriba hay un lugar mucho más tranquilo para cenar.

Alexeis la guió hacia los ascensores, y en un instante ya estaban subiendo. Él se dio cuenta de que Carrie estaba otra vez mordiéndose el labio. De pronto sintió una punzada. ¿Debería estar haciendo esto? Pero entonces ella lo miró con una sonrisa tímida, como si buscara seguridad. Tenía una sonrisa encantadora, y todas sus dudas se desvanecieron. Alexeis le ofreció la tranquilidad que ella buscaba en silencio.

–Todo va a estar bien –aseguró–. Te lo prometo. Ya sé que soy un desconocido completo que te he recogido en la calle.

Lo dijo de un modo tan brusco que Carrie se sonrojó. Pero Alexeis continuó sin darle importancia.

–Pero ahora ya nos conocemos, y te aseguro que durante la cena nos llegaremos a conocer todavía más. Pero no ocurrirá nada, absolutamente nada, que tú no desees que ocurra. Tienes mi palabra.

Alexeis le clavó los ojos en los suyos, y entonces una sonrisa le cruzó el rostro. Carrie sintió un nuevo escalofrío interior.

Las puertas del ascensor se abrieron y ella salió. El champán parecía seguir burbujeándole en las venas.

Capítulo 3

ALEXEIS tenía razón, aquel lugar era «mucho más tranquilo». Se trataba del comedor de su suite, que daba a los jardines de la ribera que había debajo y a las oscuras aguas del Támesis.

Alexeis se marcó como objetivo acabar durante la cena con las dudas de Carrie, para que no se preguntara qué estaba haciendo allí. Sacó varios temas de conversación convencionales, como la vida cultural de Londres, pero ella reconoció no sin cierta incomodad que no iba al teatro y que tampoco sabía mucho de arte. El recuerdo de Marissa acudió de inmediato a su cabeza, y Alexeis se dio cuenta de que le resultaba refrescante no tener que hablar de temas intelectuales. También fue consciente de que deseaba que Carrie se sintiera cómoda a su lado.

Y sobre todo, que estuviera receptiva.

La observó mientras hablaban de los atractivos turísticos de Londres. Debía tener unos veintitantos años, y aunque se mostraba bastante reservada, aquélla era una cualidad que le gustaba de ella. Desde luego, a aquella edad era poco probable que fuera virgen. En ese caso no se sentiría cómodo con lo que estaba haciendo. Pero no era así. Además, no pretendía hacerle ningún daño. Sólo quería que ambos se divirtieran durante una noche.

Una vez satisfecha su conciencia, sirvió más champán para ambos.

La comida resultó deliciosa, exquisitamente bien

cocinada y presentada. Cuando hubo terminado, Alexeis despidió a los camareros y guió a Carrie hacia el sofá para tomar el café, asegurándose de sentarse al otro extremo. No quería que se pusiera nerviosa.

Deslizó la mirada sobre ella. La deseaba. Era así de sencillo. Se trataba de una joven hermosa y de un tipo muy diferente a lo que estaba acostumbrado, muy lejos de las mujeres engreídas y sofisticadas con las que solía tratar, y le intrigaba la perspectiva de lo que iba a experimentar con ella. Estaba claro que aquella joven no tenía experiencia en el tipo de vida que él llevaba, y Alexeis deseaba mimarla.

Se trataba de un pensamiento extraño. Normalmente no mimaba a las mujeres con las que se acostaba, se aprovecharían sin piedad. Pero esta joven no. Supo instintivamente que ella no lo haría.

Observó cómo mordisqueaba una deliciosa trufa de chocolate servida en un plato de plata.

–No debería, ya lo sé –comentó Carrie mirándolo de reojo–. Pero no he podido resistirme.

Alexeis sonrió y estiró el brazo por el respaldo del sofá, aunque se aseguró de no invadir su espacio vital. Deslizó sus oscuros ojos por la blusa ajustada y el blanco delantal, la falda apretada y las medias negras. El efecto resultaba sutilmente erótico. Sintió cómo crecía el deseo dentro de él.

–Entonces no te resistas –respondió.

Mientras ella se terminaba el café, se dio cuenta de que se estaba poniendo nerviosa, se sentía incómoda. Cuando apuró la taza, la dejó sobre la mesa y se puso de pie. Los ojos de Alexeis la siguieron.

–Tengo que irme –dijo Carrie con voz ahogada–. Tengo que irme.

Alexeis se limitó a mirarla y mantuvo la misma actitud relajada.

–¿Quieres irte? –le preguntó.

Carrie no dijo nada, pero no apartó la vista. Sus ojos reflejaban indecisión y tenía las mejillas sonrojadas.

–Me gustaría mucho que te quedaras –aseguró Alexeis dejando su taza en la mesita.

Ella se mordió el labio. Alexeis se puso de pie y se acercó a ella. Carrie no se movió.

–Te prometo que llamaré al coche en cualquier momento para que te lleve a casa –le dijo en voz baja–. Y si quieres que sea ahora, así será. Pero –aclaró mirándola con intensidad–, antes me gustaría hacer una cosa.

Alexeis dio un paso adelante. Con un único y certero movimiento, antes de que ella pudiera apartarse o darse cuenta de lo que iba a hacer, le deslizó las manos por la mandíbula, introdujo los dedos en su melena de seda y la atrajo hacia sí. Entonces bajó la boca hacia la suya. Carrie era suave como la miel, e igual de cálida y dulce. Le abrió los labios para saborearla.

Ella no opuso ninguna resistencia. Exhalando un único suspiro, se abrió para él, permitiendo que la saboreara, que su lengua entrara en la boca, profundizando sus besos de modo que Alexeis sintió la suavidad de sus senos y de sus pezones duros apretándose contra su pecho.

Siguió besándola sin piedad mientras le bajaba una mano desde la mandíbula hasta la espina dorsal, atrayéndola todavía más hacia sí. Alexeis compuso la postura para acomodar su cuerpo a la cuna de sus caderas, y la escuchó exhalar un suave gemido. Aquello lo excitó todavía más, y permitió que su mano descendiera todavía más, buscando el bajo de la falda y levantándosela. Cielos, era delicioso besarla, acariciarla... El deseo se expandió con fuerza por su cuerpo. Con insistencia.

Alexeis separó la boca de la suya, y, sin apartarla de sí, le preguntó con voz queda:

–¿Todavía quieres irte, Carrie?

Ella lo miraba fijamente sin verlo, con las pupilas dilatadas y los labios entreabiertos. No contestó.

Con una gloriosa sensación de triunfo, Alexeis volvió a bajar la boca hacia la suya.

Carrie estaba tumbada, acurrucada contra el cuerpo fuerte y musculoso de Alexeis. Sentía la mente abrumada, el cuerpo todavía esplendoroso, vibrante, por lo que acababa de vivir.

Algo que ni en sus sueños más eróticos hubiera podido siquiera imaginar.

¡Dios santo, había sido impresionante, increíble, asombroso! Nunca pensó que podría llegar a ser así.

Carrie era consciente de que no había tenido ni una sola posibilidad de cambiar de opinión. Todas las tentaciones que había sentido durante la noche se convirtieron de pronto en realidad. La realidad de lo que iba a permitir que ocurriera. Sabía perfectamente lo que iba pasar, y había dejado que ocurriera.

Había sabido perfectamente por qué estaba allí. Sólo había tenido que tomar una decisión: ¿quería quedarse y asumir lo que iba a ocurrir, sucumbir a la tentación que había estado acechándole toda la noche? Carrie se quedó mirando la penumbra de la habitación. ¿Qué habría hecho si Alexeis no la hubiera besado?

No lo sabía. Porque la había besado, y desde el primer momento, cuando sus dedos largos se habían deslizado en su cabello y había acercado su boca a la suya, sólo había una decisión posible, y ya estaba tomada.

Y no podía arrepentirse de ella ahora, apoyada contra aquel fantástico cuerpo que le había hecho al suyo cosas que Carrie no creía posibles. ¿Cómo iba a arrepentirse?

Había sido una fiesta, un banquete de sensualidad. Sus caricias la habían derretido como la lava, arrancando de ella una respuesta que no creía posible. Roce tras roce, cada uno más excitante que el anterior, más íntimo, hasta que las exquisitas sensaciones de su cuerpo se fundieron en un arroyo sin final.

Aquél era el único hombre que la había hecho sentirse así. Carrie sentía aquel placer postrero recorriéndole todavía el cuerpo. Le pesaban los ojos. Alrededor de la cintura notaba el fuerte brazo de Alexeis, que la sujetaba con firmeza contra sí, amarrándola donde quería que estuviera. Entre sus brazos. En su cama.

Capítulo 4

CARRIE estaba sentada en el amplio asiento de cuero del compartimento de primera clase del avión, sintiéndose abrumada y maravillada.

«¿Qué diablos estoy haciendo?», «¿qué diablos estoy haciendo?»

Aquellas palabras daban vueltas en su cabeza. Le costaba trabajo pensar con claridad. Aunque era consciente de que no quería pensar demasiado. Deseaba, sencillamente, aceptar. Aceptar que le había ocurrido algo absolutamente nuevo en su vida y que no volvería a darse. Había pasado la noche más increíble, arrebatadora y maravillosa de su vida… con un hombre que veinticuatro horas atrás era un desconocido. Y lo que resultaba más increíble todavía: ¡estaba volando rumbo a Nueva York con él!

Era como una fantasía de ésas que se sueñan cuando la vida se tuerce y se necesita algo de color de rosa en lo que pensar, aunque sea inalcanzable. El equivalente mental a comerse una tarta de nata o acabar con los bombones de una caja de chocolates belgas.

Carrie giró la cabeza hacia el hombre más increíble del mundo, que estaba sentado a su lado como una bandeja entera de tartas de nata o un kilo de bombones belgas sólo para ella.

Observó su perfil sin terminar de creérselo. Tenía la atención centrada en la pantalla del ordenador portátil y las largas piernas extendidas. El corazón le dio un vuelco. ¡Cielos, qué guapo era! Podría pasarse las horas mirándolo sin cansarse, como una idiota. Todo en él resultaba fascinante, desde la fuerte nuca a la oscura seda de su impecable corte de pelo, pasando por la firme línea de la mandíbula y terminando por aquellos ojos que podían derretirla con una sola mirada. Un estremecimiento recorrió el cuerpo de Carrie como si fuera una gigantesca burbuja de champán.

«¡Estoy con él... estoy de verdad con él! ¡Me lleva a Nueva York y podré seguir estando con él durante todo ese tiempo!

En menos de veinticuatro horas, su vida había dado un vuelco total. Y se sentía absolutamente indefensa al respecto, no podía hacer más que dejarse llevar. Carrie exhaló un profundo suspiro de felicidad. A su lado, Alexeis, consciente del cuerpo delicado y bello que tenía al lado, escuchó el suspiro y la miró. En sus ojos se reflejaba la satisfacción antes de volver a girarse hacia la pantalla.

Sí, había tomado una buena decisión. Sin duda. Una buena decisión que había seguido al inesperado impulso de mandar parar el coche cuando pasó a su lado, y cuando decidió arropar su cuerpo suave y excitante y hacerla suya. Había sido una noche increíble.

Extraordinaria, y no sólo por la novedad, sino por lo que quiera que hubiese hecho que poseerla fuera tan satisfactorio. Alexeis quería repetir la experiencia durante algún tiempo, y para ello había tenido que tomar la decisión que había tomado aquella mañana: llevarse a Carrie con él. Sí, había sido un impulso, normalmente no se llevaba a las mujeres de viaje. Pero lo había hecho porque en aquellos instantes, Carrie era justo lo que necesitaba.

Era hermosa, con aquellos ojos tan grandes y su cabello rubio. Tenía un cuerpo absolutamente deseable, con senos suaves, cintura estrecha y caderas ligeramente redondeadas, las piernas largas y la piel de un melocotón.

Acariciarla, poseerla, había sido un placer tan delicioso como había imaginado.

Un ligero ceño frunció las cejas de Alexeis. Carrie había sido todo lo esperaba. Y, como también esperaba, no era virgen. Eso habría sido un impedimento para él. En cualquier caso, no tenía demasiada experiencia, al menos en las actitudes placenteras a las que Alexeis estaba acostumbrado. Carrie había gritado y gemido con los ojos abiertos de par en par, maravillada y atónita mientras él la llevaba una y otra vez a la cumbre del éxtasis. Alexeis pensó que para él también había sido una gran satisfacción proporcionarle una experiencia como sin duda había vivido nunca antes.

Volvió a fruncir el ceño. Era consciente de que para él suponía toda una novedad tener una compañera sexual como ella, a la que había prácticamente que ir guiando en todos los pasos. Y su recompensa había sido algo más que el placer. Algo le había llevado a mirarla intensamente cuando su cuerpo ardió debido a sus caricias, a escucharla gritar, y luego, cuando las llamas del éxtasis se extinguieron, no pudo evitar estrecharla entre sus brazos, acunarla. Después, cuando Alexeis alcanzó su propia y deliciosa recompensa, algo más le hizo pensar que lo que sentía era más intenso que cualquier cosa que hubiera experimentado nunca con una mujer.

Alexeis se volvió a mirarla de nuevo. Estaba ojeando una revista, con la cabeza ligeramente inclinada, mostrándole su bello perfil. Él dejó que sus ojos se entretuvieran unos instantes. Sí, sin duda Carrie era distinta. Y no sólo por su aspecto y su estilo, sino también por su personalidad.

Para empezar, era callada. No intentaba hablar con él, ni iniciar ninguna conversación sofisticada. Se limitaba a sonreírle con candor, casi con timidez, permitiendo que sus ojos se cruzaran con los suyos sólo durante un instante antes de apartarlos, como si no estuviera segura de si debía mirarlo. Además, tampoco intentaba, como las demás mujeres que él conocía, atraer la atención del resto de los hombres. Las jóvenes con las que él se acostaba sabían siempre lo que valían, y daban por hecho que era obligación de los ojos masculinos fijarse en ellas.

Carrie no era así. Parecía incluso avergonzada cuando las cabezas se giraban para mirarla. Nunca había conocido a una mujer de su calibre que se sintiera incluso incómoda con el hecho de que los hombres la miraran.

Alexeis la había hecho pasarlo mal con su ropa nueva. Carrie había pasado el día en Knightsbridge, con una estilista personal que había contratado su Relaciones Públicas de Londres, y cuando Carrie entró en la sala Vip del aeropuerto, Alexeis supo al instante que había valido la pena.

Si la noche anterior lucía un aspecto curiosamente erótico con aquel uniforme blanco y negro, ahora estaba, sencillamente, impresionante. Llevaba puesto un traje azul agua, con chaqueta de manga larga y falda de tubo. Y llevaba el cabello peinado de una manera sencilla pero extraordinariamente efectiva, con los mechones de delante recogidos en la nuca de modo que adquiría un perfil casi prerrafaelista.

Alexeis no había sido capaz de apartar los ojos de ella. Mientras la acompañaba al avión, supo con absoluta certeza que había tomado una decisión sin duda excelente.

Dos semanas en Nueva York. Dos semanas con Alexeis. Dos semanas de un mundo y una vida con los que Carrie no había siquiera soñado, muy distinta a todo lo que conocía. Cada día y cada noche que pasaban iban convirtiendo su vida real en un universo lejano. La vida que llevaba ahora se iba haciendo cada vez más real. Y sin dejar de ser una fantasía.

¿Cómo podía no ser una fantasía alojarse en un hotel mundialmente famoso de Central Park, ocupando una suite lujosísima, comer en un restaurante para gourmets tras otro, vestirse con ropa que sólo había visto en las revistas? Noche tras noche acudía a fiestas glamurosas y brillantes, a veces en fantásticos apartamentos de Manhattan y en ocasiones en mansiones de Long Island, bebiendo champán como si fuera agua y llevando hermosos vestidos de noche que parecían hechos para una princesa. ¿Cómo no iba a ser una fantasía hecha realidad?

Y tenía además lo más radiante y luminoso de todo: a Alexeis a su lado.

El mero hecho de pensar en él la hacía temblar de deseo. Las horas que transcurrían separados se le hacían interminables, y aunque Carrie sabía que estaba trabajando, tenía que mantener la paciencia para saber esperar a estar con él de nuevo, aunque la mayor parte del tiempo fuera en público en lugar de en privado.

Alexeis tenía una vida social muy activa, pero no parecía importarle que ella fuera una compañera poco rutilante para él. Todas las mujeres que había conocido en Nueva York parecían tener puestos importantes, o al menos colaboraban en actividades benéficas o estaban relacionadas con el arte y la moda. Siempre se trataba de algo prestigioso que hacía que Carrie se sintiera aburrida en comparación.

Pero no iba a permitir que eso la hundiera. Después de todo, si a Alexeis no le importaba que fuera distinta, ¿por qué habría de importarle a ella? Además, cuando estaba a solas con Alexeis, se sentía cómoda y a gusto.

No sabía por qué, ni tampoco se lo preguntaba. Sólo lo aceptaba agradecida. Igual que aceptaba que él, por razones que tampoco se atrevía a preguntarse, la había llevado consigo a su maravilloso mundo. Como tampoco se preguntaba lo que más temía. ¿Cuánto tiempo estaría con él? ¿Cuánto tiempo transcurriría antes de que terminara la fantasía y Alexeis saliera de su vida con la misma rapidez con la que había entrado?

Pero no quería pensar en ello. Cambió rápidamente de pensamiento. Aprovecharía al máximo cada maravilloso día, y más todavía, cada apasionada noche que pudiera pasar con él, viviendo aquella increíble fantasía romántica.

Porque aunque sabía que sólo se trataba de eso, de una fantasía, también sabía que en su vida no podría volver a haber jamás un hombre como Alexeis. No se trataba sólo del dinero y el glamur, eso no era más que la superficie. El oro puro, auténtico, era el propio Alexeis. Era su tesoro, lo que hacía que aquellos instantes fueran tan preciosos.

¿Y cuando terminara?

No. Carrie volvió a apartar de sí aquella idea. Llegaría, pero todavía no. Ni aquel día ni aquella noche.

Sin embargo, ocurrió. Cuando llegó el último día de Alexeis en Nueva York, Carrie seguía empeñada en no pensar en ello. Pero sentía una piedra pesada dentro del pecho. Durante el desayuno estuvo apagada.

–¿No tienes hambre? –preguntó Alexeis sorprendido al ver que apenas probaba bocado.

–No, no mucha –respondió Carrie dejando el tenedor sobre la mesa.

–¿Te encuentras bien? –insistió él. En su voz se reflejaba la preocupación.

Carrie sacudió fugazmente la cabeza.

–Es que hoy es el último día –confesó.

–¿Así que Nueva York te ha conquistado? –comentó Alexeis–. Y eso que no has querido visitar todas la tiendas –bromeó–. Bueno, tal vez las de Chicago te resulten más tentadoras.

–¿Chicago? –Carrie estaba asombrada.

–Nuestro próximo destino –aseguró él mirándola–. No tienes prisa por volver a Londres, ¿verdad?

Carrie se lo quedó mirando. La piedra del pecho estaba a punto de derretirse como la nieve en verano. ¿Se atrevería a creer lo que le estaba diciendo? Alexeis observó su expresión. Era algo que solía hacer con frecuencia, y le gustaba. Cómo había disfrutado observando su expresión la primera noche que pasaron en Nueva York, cuando Carrie observó su reflejo con aquel vestido de noche que había costado cinco mil dólares. Su rostro se iluminó con desconfianza y asombro ante la imagen que lucía. Igual que cuando Alexeis la llevó al cóctel que se celebraba en la terraza del ático de un rascacielos, o a la fiesta de un yate de lujo anclado en el Hudson, o al último musical de Broadway. Cada vez que la miraba, fuera cual fuese la ocasión o el lugar, el rostro de Carrie resultaba de lo más expresivo.

Pero lo que más le gustaba era mirarla cuando le hacía el amor. Alexeis disfrutaba tanto de su placer como del suyo propio. Y también disfrutaba sólo con mirarla. Aquello era algo nuevo para él. A las demás mujeres sólo las contemplaba como compañeras sexuales experimentadas, o como mujeres sofisticadas con las que convivir socialmente. Pero no le interesaba pasar más tiempo con ellas. Pero con Carrie era distinto. Parecía formar parte de su vida diaria.

Alexeis frunció el ceño durante un instante. Nunca había pensado en una mujer en términos de compañera. Su ceño se intensificó. ¿Qué hacían Carrie y él cuando estaban a solas? Mucho tiempo lo pasaban en la cama, pero había muchas ocasiones en las que no le estaba haciendo el amor. Cuando sencillamente desayunaba con ella, o charlaban a última hora de la noche, abrazados en la cama, medio dormidos, hablando de… ¿de qué hablaban? De nada en concreto. Y eso le resultaba notable.

Sobre todo porque tenía que aceptar que Carrie no era la clase de persona con la que podía hablar de los tópicos a los que estaba acostumbrado. No tenía una opinión sobre asuntos de política, economía, cultura o moda. No opinaba a la ligera, se quedaba a su lado, callada, sin intervenir. Pero cuando estaba a solas con él no estaba sometida ni comedida. Carrie era de una naturaleza sencilla. Ésa era la expresión que se le venía a la cabeza cuando pensaba en ella. Alexeis volvió a fruncir el ceño. Se dio cuenta de que pensaba en ella más de lo que normalmente pensaba en ninguna otra mujer. Con las demás, cuando no las veía, no existían, a menos que tuviera ganas de sexo. Pero ahora se veía pensando en Carrie incluso en medio de una importante reunión de trabajo. Y no sólo porque quisiera regresar a la suite del hotel y llevársela a la cama. No, pensaba en el modo en que sonreía, en cómo lo miraba, en cómo fruncía ligeramente el ceño cuando le preguntaba qué tal le había ido el día.

La sensación de alegría que sentía siempre cuando pensaba en Carrie y en la decisión que había tomado de llevarla consigo, volvió a atravesarle. No, no tenía ni la menor intención de terminar aquella relación.

–Entonces –Alexeis se reclinó hacia atrás observando su expresivo rostro–. ¿Eso es un sí a Chicago?

No hacía falta que hablara para darle la respuesta que él quería. Pero notó que Carrie retomaba su desayuno con renovado vigor.

Capítulo 5

ESTAR en Chicago con Alexeis era tan maravilloso como lo fue en Nueva York. Y lo mismo ocurrió en San Francisco, y luego en Atlanta, y luego, después de América, volvieron a cruzar el Atlántico rumbo a Milán. Estar con él resultaba maravilloso, fuera donde fuera.

Mientras Alexeis quisiera estar con ella.

Y parecía que sí quería. Aquello era lo más fantástico y maravilloso de todo. Carrie había dejado de preguntarse por ello y de preocuparse. Parecía como si el tiempo se hubiera detenido. El futuro y el pasado habían desaparecido, sólo existía un «ahora» maravilloso e interminable. Un «ahora» que se centraba única y exclusivamente en Alexeis.

Alexeis. El irresistible Alexeis. Carrie no podía hacer otra cosa que entregarse a él una y otra noche. El modo en que la cuidaba, lo considerado que era, cómo se reía y la miraba a los ojos divertido, lo cómoda que Carrie se sentía a su lado, hablando de… bueno, no tenía muy claro de qué. Pero todo surgía con naturalidad y no se sentía incómoda ni tímida en su compañía. Y Alexeis seguía sin mostrar signos de aburrirse ni cansarse de ella.

Pero mientras subían en el ascensor a la suite de Alexeis en el hotel de cinco estrellas de Milán, Carrie no pudo evitar desear que el estilo de vida de Alexeis fuera algo más tranquilo. Al principio, la emoción de visitar lugares desconocidos y alojarse en hoteles de lujo había provocado que los ojos se le abrieran de par en par, maravillados. Pero ahora, tras varias semanas de largos y agotadores vuelos y de vivir entre maletas, Carrie sentía deseos de, sencillamente, permanecer en algún sitio.

Se sintió invadida por la culpa al pensar en ello, pero no pudo evitar decir impulsivamente:

–¿Siempre viajas tanto?

–Hay empresas Nicolaides en tres continentes, y me gusta supervisarlas –aseguró. Entonces su expresión cambió–. ¿Estás cansada de dar tumbos?

En su voz había una nota de simpatía, y Carrie sonrió como disculpándose.

–¿Te parezco una rata desagradecida? –preguntó preocupada–. Me has llevado a lugares que nunca soñé visitar…

Alexeis deslizó la mano en la suya y Carrie sintió su calor, su fuerza.

–Bueno, deja que haga lo que tengo que hacer en Milán, y luego… –su expresión se suavizó–, ¿qué te parece si nos escapamos de vacaciones? Está empezando a hacer calor, y podría tomarme un tiempo libre.

–¡Maravilloso! –Carrie sintió una punzada de gozo–. Oh, Alexeis, eres tan bueno conmigo…

–Y tú conmigo, mi dulce Carrie –dijo llevándose su mano a los labios–. No tengo la primera reunión hasta dentro de una hora. Dime… –los ojos le brillaban de un modo que a Carrie le temblaron las rodillas–. ¿Tienes jet lag?

El color de las mejillas de Carrie le dio la respuesta que necesitaba, y Alexeis apuró hasta el último minuto antes de la reunión.

Aquella noche, para felicidad de Carrie, cenaron solos en la suite, algo que no hacían con demasiada frecuencia, y Carrie disfrutó de la ocasión.

–Mañana –anunció Alexeis–, debes ir de compras.

Tienes que aprovecharte de que Milán sea la capital mundial de la moda.

–Oh, no, ya tengo mucha ropa –se apresuró a decir ella–. ¡No necesito nada más! No quiero que te gastes tanto dinero en mí, Alexeis.

–Tengo dinero de sobra para gastar –él le dirigió una mirada cariñosa desde el otro lado de la mesa.

Pero la expresión de Carrie permaneció preocupada.

–Sé que trabajas muy duro, Alexeis, pero… –Carrie se detuvo un instante. Luego alzó una ceja y continuó con vacilación–. Es… es una vida muy extraña. Viajando constantemente, dando el lujo por sentado, gastando sin parar. Esto… ¿esto es lo único que quieres hacer durante toda tu vida?

En cuanto hubo hablado, Carrie se arrepintió. ¿Quién era ella para cuestionar la vida de Alexeis cuando estaba disfrutando de los lujos con los que él la mimaba?

Cuando Alexeis respondió, había una extraña mirada en sus ojos. Agarró con fuerza el pie de la copa de vino.

–¿Crees que debería echar raíces?

Carrie tragó saliva. Había algo en su tono de voz que la hacía sentirse incómoda.

–No se trata de lo que yo piense, no es asunto mío lo que hagas con tu vida, pero… bueno, ¿no quieres echar raíces nunca?

Alexeis torció repentinamente el gesto.

–Eso es lo que a mi madre le gustaría que hiciera –aseguró.

–¿Tu madre? –Carrie se lo quedó mirando fijamente. Era imposible imaginarse a Alexeis con una madre, con una familia. Era como un héroe de fantasía, sacado de la imaginación colectiva de las mujeres.

Pero Alexeis no le respondió. Se limitó a rellenar su

copa. ¿Por qué había mencionado a su madre? ¿Sería porque Carrie había sacado a relucir su vida de constante movimiento? ¿Una vida que él había adoptado deliberadamente, porque lo alejaba de las expectativas poco realistas de su madre y, más todavía, de la compañía de su padre?

Alexeis se llevó la copa a los labios y permitió que su mirada se deslizara sobre Carrie con el ceño fruncido. Le había preguntado si no quería «echar raíces». ¿Significaba eso que se le estaban empezando a pasar ciertas ideas por la cabeza? ¿El tipo de ideas que sólo podían terminar con su relación? Alexeis apretó los labios. Si estaba en lo cierto, aquello era un gran inconveniente. Porque no tenía ningún deseo de reemplazarla.

Lo que quería, y aquella certeza le apareció con suma claridad de pronto en la cabeza, era llevársela a algún lugar en el que pudiera estar con ella veinticuatro horas al día, siete días a la semana durante un periodo largo de tiempo. En algún lugar donde no tuviera que ocuparse de los interminables problemas del Grupo Nicolaides. Le había dicho que quería llevársela de vacaciones, y eso era exactamente lo que deseaba hacer. Reduciría su tiempo de estancia en Milán y el fin de semana sería libre para poder marcharse. Con suerte, podría arreglárselas para tener una semana de vacaciones, o incluso dos. Había otra razón por la que quería desaparecer. Su Relaciones Públicas en Milán le había informado de que su madre se había puesto en contacto, y quería que la telefoneara lo más rápidamente posible. Alexeis lo había estado evitando, pero sabía que su madre lo presionaría para que pasara por Grecia. Y si lo hacía, su madre querría sin duda que socializara, y comenzaría a presentarle a novias potenciales, como siempre hacía.

Alexeis sintió una punzada de exasperación. ¿Por

qué su madre no aceptaba que no tenía ninguna intención de casarse, y menos por las razones que ella deseaba? Sabía que soltaba veneno por su ex marido, pero él no estaba dispuesto a participar en sus juegos de poder. Se dedicaría a dirigir el Grupo Nicolaides, permitiendo que su padre se entretuviera con su vida sexual, y prestándole la menor atención que pudiera. No pasaría por el aro de casarse con una rica heredera, ni le daría a su padre un nieto sólo para que continuara con la dinastía.

Ya iba siendo hora de que su madre aceptara aquel hecho y lo dejara en paz y le permitiera disfrutar de la vida que llevaba, en la que trabajaba duro, pero contaba con los placeres de cualquier mujer que deseara.

Visualizó con la mente a Carrie a su lado bajo la luz de la luna en la cubierta del yate, pero volvió a poner sus pensamientos en el momento presente. Por el momento, se entretendría llevándola al día siguiente a La Scala y disfrutaría de verla en otro exquisito vestido de noche.

–Mañana debes ir a la Milla de Oro de Milán –anunció–. Tu misión será comprar un vestido adecuado para acudir a la más grande de las Óperas de Italia.

–Pero ya tengo muchos vestidos de noche –se apresuró a asegurar Carrie.

Alexeis hizo un gesto con la mano para dejar a un lado aquella cuestión.

–Quiero que en esta ocasión luzcas mejor que nunca –dijo. No explicó por qué, pero tenía la impresión de que Adrianna sabía que estaba en Milán y estaría deseando verlo. Quería que Carrie dejara muy claro que era la nueva titular y que Adrianna había pasado a la historia.

Aunque le costó trabajo gastar más dinero en ropa, Carrie hizo lo que Alexeis le pedía. Ayudó el hecho de haberse enamorado de un vestido de noche blanco ajustado largo hasta los pies con tirantes finos y un delicado corpiño drapeado que no dejaba el escote al descubierto.

Se peinó con un moño bajo y suelto y se maquilló de manera muy suave. A Alexeis pareció gustarle, y eso le alegró. Sobre todo cuando tuvo que admitir que no sabía nada de ópera italiana.

–Bueno, veamos qué te parece –dijo Alexeis con cariño–. Es algo que hay que aprender a apreciar.

¿Llegaría a disfrutarlo?, se preguntó Alexeis. A pesar de estar en Milán, Carrie no estaba interesada en la moda ni el arte, porque decía que no sabía nada al respecto. Tampoco parecía conocer la historia de la ciudad ni de la propia Italia, aunque mostraba interés cuando Alexeis la ilustraba al respecto. Después de todo, pensó él, la falta de educación no era culpa suya. Él había tenido el privilegio de recibir una formación exclusiva, mientras que era obvio que en el caso de Carrie no había sido así. Pero, ¿importaba eso al final?

Tal vez no fuera una joven con una gran educación, pero tenía buenos modales, era considerada y amable con todo el mundo. Resultaba más fácil estar con ella que con cualquier otra mujer. Y aunque Alexeis era muy consciente de que mucha gente pensaba que estaba con ella sólo por su aspecto físico, a él no le importaba. Lo que tenía con Carrie era distinto a todo lo que había vivido. Y cuando llegaron a la abarrotada Ópera y Adrianna optó por lanzarse hacia él con teatralidad, Alexeis no encontró ningún motivo para cambiar de opinión. Voluptuosa, vestida de seda roja, con sus rizos oscuros brillando y un collar de rubíes colgándole sobre los senos, Adrianna comenzó una diatriba de reproches y protestas. Alexeis compuso una expresión neutra y se limitó a decir:

–Adriana –era una señal de saludo y al mismo tiempo de despedida, y siguió caminando mientras la dejaba echando chispas.

Sintió cómo Carrie se ponía tensa a su lado, pero no dijo nada, y él se alegró. Apretó con más fuerza su codo y la dirigió escaleras arriba, hacia su palco privado, deteniéndose en el camino para saludar a sus amistades. Nadie hizo referencia a Adrianna, y él tampoco, aunque sabía que aquel cotilleo era la comidilla. Sintió una gran sensación de alivio cuando cerró la puerta del palco y tomó asiento al lado de Carrie. Ella estaba mirando el programa con el ceño ligeramente fruncido.

–¿Conoces la historia de *Madame Butterfly*? –le preguntó Alexeis por hablar de algo.

–La verdad es que no –respondió ella mirándolo con cierta ansiedad–. Pero aquí explican la trama –dijo señalando las notas del programa.

–Espero que te guste –dijo Alexeis con dulzura.

Carrie sonrió con vacilación. Tenía la cabeza en otro sitio, en la mujer que había acosado a Alexeis hacía un instante. ¿Un antiguo amor? ¿O alguien que quería ser su nuevo amor? La mujer la había mirado con desprecio, y Carrie sintió su veneno sin comprender siquiera qué estaba diciendo. Quería haberle preguntado a Alexeis, pero él no le había ofrecido ninguna información, así que probablemente no quería hablar de ello.

Carrie lo dejó pasar, y se dedicó a observar el esplendor de la recién remodelada Ópera, resplandeciente de púrpura y oro, con los lujosos palcos que rodeaban el escenario. Aunque no sabía nada de ópera italiana, era consciente de que estar allí con Alexeis, sentada a su lado en su palco privado enfundada en un hermoso vestido de noche, era un recuerdo que conservaría para siempre. La orquesta terminó de afinar y las luces comenzaron a difuminarse. El director subió al podium y Carrie se acomodó, dispuesta a disfrutar de la velada.

Pero no lo consiguió. Sí, la música resultaba cautivadora, pero a medida que la ópera iba desarrollándose, a Carrie le iba gustando cada vez menos. Encontraba perturbador que la pobre y estúpida Madame Butterfly estuviera tan completamente entregada a un hombre para el que ella no era más que una novedad, un capricho del que disfrutar mientras estuviera en aquel lejano puerto. Alguien a quien dedicar dulces palabras y sonrisas, pero a quien no podría tomar nunca en serio. Cuando llegó el trágico e inevitable final, Carrie se puso de mal humor. El aplauso del público se fue apagando y la gente comenzó a levantarse. Entonces Alexeis se giró hacia ella.

–Entonces, ¿te ha gustado? –le preguntó con expresión expectante.

Carrie se mordió el labio.

–No mucho –dijo disculpándose. Fue todo lo que se le ocurrió decir.

–Bueno, ya te dije que el gusto por la ópera es algo que se adquiere –respondió Alexeis con gesto algo disgustado.

–Lo siento –murmuró Carrie. Sentía como si le hubiera decepcionado. Quería decir algo más, pero no sabía cómo hacerlo sin parecer crítica o desagradecida después de que la hubiera llevado a un evento tan glamuroso.

–No pasa nada –aseguró Alexeis con ternura–. Tal vez resulte demasiado emocional para los gustos ingleses. Es muy exagerada y melodramática.

Carrie sonrió con vacilación mientras salían del palco. «Exagerado y melodramático» era tal vez una buena manera de describir el final de Madame Butterfly, pero para ella había sido, sencillamente, terrible. ¿Cómo pudo la heroína, por mucho que amara a ese héroe desleal, entregar el hijo de ambos a su esposa para que lo criara y luego suicidarse?

Se sintió atravesada por una oleada de emoción. El cruel dolor la hizo revivir aquel terrible día en el que su padre la recogió del colegio con el rostro demudado y las lágrimas corriéndole por las mejillas. Un accidente de coche, un camión que iba demasiado deprisa, y su madre, desaparecida para siempre.

Y luego, más recientemente, la lucha diaria de su padre contra la muerte durante tres largos y agonizantes años, hasta que llegó la derrota final.

Carrie inclinó la cabeza y parpadeó. No debía pensar en aquellas cosas. No servía para nada. Tenía que pensar sólo en que su padre había conseguido lo que más le importaba en la vida antes de perder la batalla.

Y la vida, su vida, seguía. Carrie era consciente de ello. Había sido duro en términos materiales, pero no tuvo alternativa.

Hasta aquella noche en la galería de arte. Cuando puso por primera vez los ojos en Alexeis, y él en ella. Aquella maravillosa e inolvidable noche en la que él cambió su vida radicalmente, alzándola por los aires. Carrie entornó los ojos. Igual que habían alzado por los aires a Madame Butterfly. ¡Pero ella no era la pobre y crédula Madame Butterfly!

Sí, Alexeis la había alzado por los aires, pero, ¿qué tenía eso de malo? Sí, era una fantasía hecha realidad, pero, ¿cómo resistirse a la manera en que la hacía sentirse cuando le hacía el amor? Carrie se estremeció.

Por supuesto que estaba disfrutando de aquellos momentos tan maravillosos. Por supuesto, sabía que no duraría para siempre, pero mientras durara, mientras él siguiera deseándola, ¿cómo iba a alejarse?

Sin embargo, aquella misma noche, cuando descansaba en la cuna de los brazos de Alexeis, volvió a escuchar las vertiginosas notas de la ópera desgarrándole el alma. Observó la oscuridad de la habitación. Sentía los brazos de Alexeis rodeándola, y detrás de ella, el fuerte muro de su pecho. Tal vez estuviera viviendo una fantasía, pero sus brazos resultaban de lo más real.

Una punzada de incomodidad le pellizcó el corazón.

Sin embargo, por la mañana la molestia había desaparecido, borrada por la brillante luz del sol. Alexeis la había dejado con un cálido beso y con instrucciones de que se comprara ropa adecuada para las vacaciones.

–Quedaré libre para el fin de semana, y volaremos hasta Genoa, donde nos estará esperando el yate –le había dicho sonriendo–. Tú y yo solos.

Carrie se animó al instante, y así siguió. Todos los pensamientos oscuros habían desaparecido. Y ahora se deslizaba por las aguas azul cobalto del Mediterráneo en un lujoso yate a motor, recorriendo la ribera italiana rumbo al lujoso Resort de Positano. Pero lo mejor de todo era tener a Alexeis para ella sola, sin tener que socializar, y estar tan a gusto los dos.

Era Alexeis quien la cautivaba, no el lujo de su estilo de vida. Era él quien le derretía los huesos. Entre sus brazos descubría una y otra vez una felicidad que la sobrepasaba.

Así ocurrió de nuevo cuando estaban haciendo el amor por la tarde en la cubierta bañada por el sol. Los rayos se reflejaban sobre al agua que los rodeaba, mientras el mundo se mecía suavemente debajo de ellos. Fue una experiencia inolvidable.

Carrie alzó una mano para acariciar su cabello de seda oscura y lo miró. No dijo nada. Los ojos de Alexeis tenían una mirada extraña. Ella no sabía qué era, pero la hizo sentirse diferente. Alexeis siempre la trataba con cariño, siempre se tomaba su tiempo después del sexo para abrazarla un buen rato. A Carrie le asombraba a veces que fuera tan atento con sus necesidades.

Ahora la estaba mirando con el codo apoyado en la almohada, la cabeza erguida y con aquella extraña mirada. Alzó un dedo y con la mano que tenía libre le recorrió el contorno de los labios. Luego sonrió como para sus adentros. Había hecho bien en llevarse a Carrie de vacaciones, tenerla solo para él lejos de las exigencias del trabajo. Le resultaba curioso, pensó, que todavía la deseara tanto. Estaba encantado de tenerla todavía a su lado.

En aquellos momentos no deseaba nada más. No iba a cuestionarse nada ni a analizarlo. Sólo iba a aceptarlo. A disfrutarlo.

Su estado de satisfacción duró hasta que, medio en sueños, Alexeis escuchó sonar el teléfono. Maldijo en silencio. Había dado instrucciones de que lo llamaran sólo en caso de absoluta necesidad. Alexeis lo dejó sonar, pero escuchó el sonido del buzón de voz. Entonces se apartó con cuidado de la dormida Carrie y apretó la tecla del teléfono para escuchar el mensaje. Era su madre. El humor de Alexeis se ensombreció al instante. Mientras escuchaba, su expresión se fue endureciendo. Diablos, aquello no era lo que necesitaba.

Su madre le había encontrado otra rica heredera.

Se llamaba Anastasia Savarkos. Su abuelo acababa de desheredar a su hermano Leo, y Anastasia se había proclamado la heredera universal de su fortuna. Una recompensa que la madre de Alexeis estaba decidida que atrapara su hijo antes de que lo hiciera alguien más.

A tal efecto, decía el mensaje de voz, había invitado a Anastasia a una de las fiestas de verano que celebraba con regularidad en la villa que tenía en la isla de Lefkali. Y ahora convocaba también a Alexeis a cenar la noche siguiente. No, pensó él con severidad. No iría. No correría a Lefkali para dejarse llevar por la absurda ambición de su madre. Ya era hora de que asumiera que sus planes no eran los de Alexeis. Que aceptara que en su agenda había mujeres que no encajaban en absoluto en la categoría de ricas herederas casaderas.

Alexeis dirigió la mirada hacia la figura dormida de Carrie. En reposo estaba más guapa que nunca. Su melena dorada desparramada por la almohada, su tenue desnudez cubierta parcialmente por la sábana que él le había echado por encima al levantarse, los montículos gemelos de sus senos deliciosamente expuestos, sus largas pestañas apoyadas contra las pálidas mejillas, la boca hinchada por sus besos…

Oh, sí, era la imagen auténtica de la belleza.

Un contraste total con Anastasia Savarkos. Se la había encontrado en numerosas ocasiones en varios eventos sociales de Atenas a lo largo de los años. Su estilo oscuro y austero estaba muy lejos de la suave belleza rubia de Carrie. Alexeis volvió a mirar la figura dormida y apretó los labios. ¿De verdad pensaba su madre que iba a dejar lo que tenía allí para pasar por una cena dolorosamente formal mientras ella hacía de casamentera? Pero por supuesto, su madre no tenía ni idea de dónde estaba, ni con quién.

Pero, ¿y si lo supiera?

Una idea comenzó a abrirse paso en su cabeza. Si le dejaba muy claro a su madre de una vez por todas que no tenía ningún interés en Anastasia Savarkos ni en ninguna otra novia potencial que pudiera buscarle, tal vez ella dejaría de intentarlo.

¿Y si iba a Lefkali, pero no solo? Sí, aquélla era la solución perfecta. Se inclinó sobre la cama y acarició con dulzura el muslo de melocotón de Carrie. Ella se estiró, despertándose perezosamente. Alexeis se inclinó todavía más y la besó suavemente en los labios.

–Ha habido un cambio de planes –susurró él.

Capítulo 6

CARRIE estaba sentada en el amplio asiento de cuero del exclusivo jet, mirando por la ventana hacia el paisaje. Se sentía muy aliviada. Todavía podía escuchar dentro de su cabeza la voz de Alexeis en el yate. Había sonado casi brusca, provocándole miedo.

«Un cambio de planes». Al oír aquellas palabras, el corazón le dio un vuelco. Ya estaba. Alexeis la iba a dejar. Iba a terminar con su historia. Pero no se había tratado para nada de eso. El cambio de planes consistía en volar hacia una isla de la costa oeste de Grecia en lugar de navegar por el mar Tirreno.

–Sólo serán un par de noches –le había dicho–. Luego iremos a Sardinia, como teníamos planeado.

No le había explicado la razón del cambio de planes, y Carrie tampoco se lo había preguntado. Lo había aceptado con alegría, sintiéndose afortunada de que la llevara con él. Porque llegaría el día en que Alexeis la subiría a un avión rumbo a Londres, le daría un beso de despedida, y ella saldría de su vida para siempre. No volvería a verlo nunca más.

La mirada de Carrie se deslizó hacia Alexeis, que estaba sentado al otro lado del avión, en su mesa, rodeado de papeles y con el ordenador portátil delante. Le dejó trabajar, sin buscar su atención. Parecía más preocupado de lo habitual. Tenía el ceño fruncido y una expresión sombría. Su padre también había sido así; con una sola mirada había sabido cuándo no debía molestarle. Carrie giró la cabeza y miró por la ventanilla hacia Italia, que estaba a miles de kilómetros debajo de ellos.

Al fondo del pasillo, los ojos de Alexeis se clavaron brevemente en ella. Siempre sabía instintivamente cuando ella lo estaba mirando. Aunque no lo hacía para llamar su atención, Carrie era lo suficientemente astuta como para saber cuándo necesitaba estar concentrado. Una cosa más que apreciaba en ella.

Una punzada de inquietud recorrió el cuerpo de Alexeis. No estaba de muy buen humor. No quería ir a Lefkali. No sólo porque no deseaba interrumpir sus vacaciones con Carrie, sino porque, a pesar de poseer una belleza exótica, Lefkali le traía fatales recuerdos. Allí era donde el matrimonio de sus padres había terminado de manera tan dramática, cuando se descubrió que la joven amante de su padre estaba embarazada. Su madre insistió en que la opulenta villa de verano de los Nicolaides formara parte del acuerdo de divorcio, a pesar de que hubiera sido el escenario de la traición de su esposo.

Alexeis no podía comprender la razón. ¿Se había agarrado a la villa como se agarró al nombre de Kyria Nicolaides, la que nunca se volvió a casar para recordarle al mundo que ella era la verdadera, la primera de las esposas de aquel hombre infiel?

Alexeis apartó de sí aquellos pensamientos. Quería mucho a su madre, pero también se compadecía profundamente de ella. No caería en sus obsesiones, y necesitaba que dejara de atosigarle con ellas.

Volvió a posar los ojos en Carrie. Su hermoso perfil estaba ligeramente girado hacia él. La esbelta línea de su cuello acentuaba la delicada belleza de su cuerpo. Alexeis volvió a sentir una punzada de inquietud. ¿Era justo para ella que la utilizara de aquella manera para enviar un mensaje claro a su madre? Sus ojos se endurecieron y el recuerdo de Carrie preguntándole por qué no echaba raíces volvió a aparecer en su mente. Tal vez fuera bueno para ella, igual que para su madre, comprender cuál era su posición en la vida de Alexeis.

Se sintió culpable al instante. No, aquello era injusto por su parte. Carrie no había mostrado ni la más mínima señal de intentar aprovecharse de su relación. Sabía cuál era su lugar y lo asumía, lo apreciaba. En cuanto al papel que jugaría en la cena de su madre, era mejor que no fuera consciente de él. Durante sus viajes no le había importado ser la mujer que compartía su cama, así qué, ¿por qué tendría que ser distinto en Lefkali?

Pero la sensación de inquietud no le abandonaba. Alexeis trató de dejarla a un lado. Lefkali era sólo una interrupción, nada más. Asistiría a la aburrida cena de su madre para que captara el mensaje y al día siguiente saldría para Sardinia. Eso sería todo. Con la decisión tomada, volvió a concentrarse en su trabajo. No tardaron mucho en cruzar Italia volando, y el viaje continuó en un helicóptero al que se subieron en el pequeño aeropuerto de Epiro.

Carrie estaba fascinada y estiraba el cuello para poder ver las islas de colinas suaves. Los picos desnudos asomaban por encima de una tierra de exuberante vegetación que se abría a un mar azul. Parecía que Lefkali era una pequeña isla situada frente a otra mucho más grande, con villas esparcidas a grandes distancias.

El helicóptero viró en el punto más al sur y comenzó a descender. Carrie contuvo la respiración cuando pasaron por delante de una brillante villa de mármol construida en varias terrazas que daban a la amplia playa. Pero el helicóptero no descendió allí, se dirigió a un espacio estrecho de tierra que había al final de la playa en el que había una vivienda mucho más pequeña que se comunicaba con la villa a través de unos frondosos jardines.

En cuanto aterrizó, Alexeis la ayudó a descender. Carrie sintió que el aire estaba más caliente, cargado con la fragancia de las plantas aromáticas. La casa de la playa era pequeña, pero muy bonita, con una buganvilla que subía por su superficie blanca inmaculada y con macetas llenas de flores por todas partes. Una pequeña terraza de piedra daba a la playa, y el mar tenía que estar muy cerca de donde uno se sentaba a desayunar bajo una sombrilla.

Carrie estaba encantada.

–Es preciosa –sonrió cuando se acercó con Alexis hacia la villa.

Él no contestó, y al mirarlo de reojo, Carrie se dio cuenta de que tenía los hombros tensos y la expresión sombría. No dijo nada más. Quedaba claro que no estaba de humor para mantener una conversación trivial.

Carrie se dio cuenta rápidamente de que para lo que sí estaba de humor era para el sexo, como comprobó en cuanto les llevaron las maletas dentro y el helicóptero se marchó. Ella estaba alojada en una habitación mucho más grande de lo que cabía esperar para una villa tan pequeña, decorada con un estilo que, en su opinión, ella consideró recargado en cuanto entró. Alexeis la miró un instante, y Carrie se dio cuenta de que seguía muy tenso.

–¿Estás bien? –se atrevió a preguntarle.

Él asintió y le dedicó una sonrisa forzada.

–De acuerdo –respondió Carrie sintiéndose algo abatida. Pensando que estaba siendo demasiado dramática, se dispuso a deshacer el equipaje. Al instante lo tuvo detrás, las manos de Alexeis se cerraron sobre sus antebrazos y la giró.

–Lo siento –dijo–. Tenía la mente en otro sitio –Alexeis le quitó una prenda de las manos y la dejó caer sin ningún cuidado en un cajón abierto del gigantesco armario–. Deja eso. Una de las doncellas lo hará más tarde –la atrajo hacia sí, abrazándola durante un instante. Carrie apoyó la cabeza contra su pecho en silencio.

Alexeis le deslizó los dedos por debajo de la barbilla y le levantó el rostro.

–Tú nunca te quejas, ¿verdad? –en su voz había un tono extraño, y en sus ojos una extraña expresión.

Ella abrió los ojos con auténtica sorpresa.

–¿De qué podría quejarme, por favor? ¡Estoy en el Paraíso! –aseguró con una sonrisa.

Aquella extraña mirada volvió a aparecer en los ojos de Alexeis.

–Sí, bueno, no olvides que en el Paraíso hay serpientes. Los lugares hermosos pueden ocultar sentimientos oscuros –Alexeis se detuvo un instante–. Malos recuerdos –concluyó.

Su expresión volvió a cambiar, al igual que su voz.

–Y los malos recuerdos hay que exorcizarlos. De la manera más eficaz posible.

Alexeis deslizó los dedos para juguetear con el tierno lóbulo de su oreja, y Carrie distinguió el familiar y delicioso brillo que le aparecía en los ojos.

–Eres realmente preciosa –murmuró él–. ¿Quién podría resistirse a ti? Yo desde luego, no –confesó con una sonrisa que dejó a Carrie sin respiración–. ¿Y por qué habría de resistirme? –volvió a murmurar mientras le atrapaba suave y sensualmente los labios con los suyos y la atraía hacia sí.

Alexeis la acostó sobre la cama y comenzó a hacerle el amor. Ella respondió como siempre, con ardor, deseo, absoluta entrega.

Pero cuando todo terminó y se quedó entre el círculo de sus brazos y el corazón latiéndole con la fuerza de un pájaro salvaje, Carrie supo que había habido algo distinto en el modo en que Alexeis la había tomado. Lo había hecho de un modo más exigente, más inquisidor, como si necesitara, pensó Carrie, aquel alivio.

Se giró un tanto entre sus brazos para mirarlo. Aunque tal vez hubiera sentido algún alivio, la tensión había regresado. Volvía a tener el ceño fruncido, las hermosas facciones de su rostro estaban tensas y tenía los ojos cerrados.

Carrie se apartó muy despacio apoyándose en el codo, y luego, sintiéndose muy audaz, le pasó la mano libre por la masa de músculo que Alexeis tenía entre el cuello y el hombro, y comenzó a masajearle suavemente la piel. Durante un instante él se puso todavía más tenso, pero después, mientras Carrie siguió trabajando la zona, vio cómo su rostro comenzaba a relajarse. Alexeis cambió de postura, de modo que se quedó tumbado completamente de espaldas, con los ojos todavía cerrados, y Carrie se incorporó hasta quedarse sentada, liberando la otra mano para masajearle el otro hombro.

Alexeis murmuró algo en griego, y luego lo repitió en inglés.

–Esto está muy bien.

Ella sonrió y siguió.

–Te trabajaré la espalda si te das la vuelta.

Alexeis obedeció y se tumbó adecuadamente, con los brazos estirados por encima de la cabeza. Carrie comenzó a darle un masaje, trabajando con suavidad en los nudos y los músculos tensos por las escápulas y la espina dorsal.

Alexeis exhaló un suspiro de satisfacción mientras le daba el masaje en la espalda.

–Deberías ser masajista –dijo contra la almohada.

Carrie volvió a sonreír.

–Y tú deberías ser modelo –aseguró con alegría.

Alexeis medio levantó la cabeza y la inclinó hacia un lado con gesto interrogante.

–Pero eres demasiado masculino –se corrigió ella–. Podrías ser mejor actor de cine.

Él soltó un gruñido de burla.

–Cuando dije lo de los masajes hablaba en serio –insistió–. Eres muy buena. ¿Has pensado en ello alguna vez?

Carrie soltó una carcajada.

–No. Nunca.

–Pues deberías –aseguró él–. Seguro que hay sitios en los que se puede empezar sin tener ninguna cualificación.

Carrie se detuvo un instante, frunció el ceño y luego prosiguió.

–Mm… No es realmente lo mío.

–Pero seguro que es mejor que trabajar de camarera, ¿no? –preguntó Alexeis–. Y si lo prefieres, podrías dedicarte a darle masajes sólo a mujeres. Aunque te garantizo que tendrás una cola de hombres esperando para que les des un masaje.

El rostro de Carrie adquirió una expresión extraña, y Alexeis se sintió de pronto mal. Se giró y tomó la mano de Carrie con la suya.

–Lo siento. No quería que sonara así de mal. Sólo quería decir que eres una chica preciosa, nada más. Preciosa y muy… –Alexeis se detuvo para tratar de encontrar la palabra adecuada–, muy dulce –dijo.

Se llevó la mano de Carrie a la boca y le besó los nudillos.

–Muy dulce –repitió. Y volvió a aparecer aquel brillo en sus ojos. Le cubrió la nuca con la mano libre, atrayéndola hacia sí–. Y muy, muy deseable. Está claro que este masaje tiene poderes reconstituyentes.

Transcurrió bastante tiempo antes de que aquellos poderes se agotaran.

–¿Estarás particularmente bella esta noche para mí? –preguntó Alexeis–. ¿Te pondrás el vestido de gasa turquesa y el collar de diamantes?

Sonreía a Carrie, que estaba sentada maquillándose para la noche frente al tocador del gigantesco baño que había incorporado dentro de la suite de la villa. Tanto el baño como el dormitorio le parecían desproporcionados teniendo en cuenta el tamaño de la villa. El baño resultaba especialmente opulento, con el jacuzzi y la sauna. Carrie se preguntó por aquel lugar. Parecía demasiado ostentoso incluso para Alexeis. Los hoteles en los que se habían alojado en Londres, Nueva York y Milán eran más antiguos, más tradicionales a pesar de ser de lujo.

Pero no hizo ningún comentario. No era asunto suyo, y además, se alegraba porque parecía que Alexeis pareciera haber dejado atrás la tensión que tenía antes. Tal vez le hubiera ayudado realmente el masaje. ¿Hablaría en serio cuando le comentó que podría dedicarse profesionalmente a ello? Seguramente se habría tratado de una broma. Alexeis tenía que saber que ella no podría ser nunca masajista. Pero en cualquier caso, se había dado cuenta de su reacción y su disculpa la había sorprendido. Más que eso.

Carrie sintió un nudo en la garganta.

Había dicho que era muy dulce…

Resultaba extraño: Alexeis siempre le hacía muchos cumplidos, le decía que estaba muy guapa o que la deseaba, pero el modo en que le había dicho aquello había significado mucho más para ella.

Y por supuesto, si quería que se pusiera el vestido de gasa turquesa, lo haría. Era una prenda hermosísima, de quitar el hipo. Tenía pliegues y pliegues de gasa casi transparente que caían con sencillez desde la cintura y un ligero corpiño plisado. Muy ligero, de hecho, porque sólo le cubría los senos y dejaba el resto desnudo. Se lo ponía con un chal fabricado en la misma gasa pero en un tono un poco más oscuro. Era casi transparente, pero actuaba como un velo, y además resultaba de lo más elegante por encima de los hombros.

En opinión de Carrie, el vestido resultaba un tanto exagerado para cenar allí en la villa, sobre todo si añadía el exquisito collar de diamantes. Casi le daba miedo ponérselo, sabiendo lo mucho que valía. Pero tenía que admitir que aquel vestido era uno de sus favoritos, así que se alegró de ponérselo para Alexeis, se alegró de estar guapa para él.

Terminó de maquillarse y le dejó el baño a Alexeis. Cuando él salió con una toalla blanca anudada a la cintura de un modo que dejó a Carrie sin respiración, como siempre, y con su cabello oscuro todavía húmedo y la mandíbula recién afeitada, ella ya estaba vestida y con el cabello recogido en un moño sencillo que se había hecho ella misma.

A Alexeis le brillaron los ojos al mirarla.

–Perfecto –dijo, y asintió–. Excepto… –su mirada se entornó de pronto–, el cabello.

Antes de que Carrie pudiera reaccionar, se había acercado a ella y le había quitado las horquillas del moño, de modo que el cabello le cayera por la espalda.

–Llévalo suelto –le pidió.

Luego se dedicó a vestirse rápidamente. Se puso un esmoquin, y Carrie sonrió al pensar que estaba tomándose tantas molestias para cenar a solas con ella. ¿Cenarían en la pequeña terraza que daba al mar? Confiaba en que así fuera, hacía calor y el mar brillaba bajo la luz de la luna.

Carrie sintió un estremecimiento de emoción. Oh, sería una cena para guardar en la caja de los recuerdos. Cenar con Alexeis bajo la luna adriática, al calor de la noche griega, los dos solos…

Él se estaba atando la pajarita, sin duda ya casi había terminado, así que Carrie agarró el chal transparente y comenzó a colocárselo alrededor de los hombros.

–No necesitarás esto –dijo Alexeis volviendo a dejarlo sobre la cama–. Bien, vamos.

–¿Irnos? –preguntó Carrie sorprendida.

–Nos han invitado a cenar –respondió él.

Carrie lo miró insegura. Había dado por hecho que iban a cenar allí. Sintió una punzada de desilusión. No quería salir a cenar, hubiera preferido mucho más quedarse allí, en la intimidad de la villa, y estar a solas con Alexeis.

Él abrió camino para salir de la habitación, y mientras salían de la villa recorriendo el sendero que cruzaba los jardines, Carrie se vio deseando haber llevado consigo el chal. No porque hiciera frío, la noche era cálida y confortable, pero se sentía demasiado expuesta. Si hubiera cenado a solas con Alexeis, no le habría importado. Pero el vestido resultaba de lo más escotado.

–¿Podría... podría ir a buscar mi chal, Alexeis? –le preguntó.

Él la miró.

–La verdad es que ya llegamos tarde –dijo, y siguió caminando. Su voz había sonado brusca, y Carrie dio un respingo involuntario. Pero luego se tranquilizó. No debía ser tan sensible.

Además, tal vez la brusquedad había tenido lugar sólo en su imaginación. Porque cuando el sendero se hizo un poco cuesta arriba, rodeando el camino de tierra que cortaba la bahía sobre la que estaba la villa, Alexeis se detuvo de pronto y se giró hacia ella. La luz de la luna los bañaba, y el aire estaba cargado con el sonido de las cigarras que había alrededor. Era una maravillosa noche mediterránea. Alexeis le cubrió las mejillas con las manos y le deslizó los dedos por los mechones sueltos de cabello.

Carrie alzó la vista para mirarlo, indefensa cuando la mirada de Alexeis se clavó en la suya.

–Hermosa Carrie –dijo en voz baja deslizando los ojos por ella–. Hermosa, hermosa Carrie…

Ella entreabrió los labios. Alexeis se inclinó para besarla.

Fue un beso profundo, sensual, que despertó en ella el deseo que con tanta facilidad se le despertaba cuando Alexeis la tocaba, la acariciaba. Se vio arrastrada por una marea de placer y profunda sensualidad. Se abrazó a él, apretándole las manos contra el pecho y moviendo la boca bajo la suya. Podía sentir el pulso latiéndole en la garganta y los pezones endurecidos contra su torso.

Cuando Alexeis la soltó estaba sin respiración, débil. Lo único que pudo hacer fue quedarse mirándolo con los ojos muy abiertos, los labios separados y llena de un deseo inacabable e irresistible hacia él.

¿Qué era lo que Alexeis hacía en ella? ¿Por qué se sentía así? Aquellas preguntas sobrevolaron por su cabeza, pero no podía pensar, no podía hacer nada más que sentirse invadida por los sentimientos que Alexeis despertaba en ella.

Él sonrió. Se trató de una sonrisa de satisfacción.

Luego le pasó la mano por debajo el codo y la llevó por un extremo del camino que se abría hacia el estrecho.

Carrie contuvo la respiración, pero ahora por una razón distinta.

Era la villa que había visto desde el helicóptero, construida tan al borde de la colina de modo que las terrazas inferiores parecían casi caer al mar.

Estaban al nivel de una de aquellas terrazas, y Carrie se dio cuenta de que el camino que seguían los llevaba directamente hacia allí. Alexeis la animó a seguir adelante por los suaves azulejos de piedra.

–Por aquí –dijo doblando la esquina de la villa. La terraza se abrió, y Carrie distinguió el brillo azul de una piscina tenuemente iluminada. Pasaron por delante de ella y subieron unos escalones de mármol que llevaban a una terraza superior. Entonces Carrie distinguió un murmullo de gente, conversaciones, música suave, luces y una mesa lujosamente decorada al otro lado de la terraza. Alexeis la guió hacia delante, apretándole con más fuerza el codo.

Carrie vio a una mujer que se adelantaba a las demás personas que había allí. Se acercaba y se detenía en seco.

De pronto fue como si todo el mundo se hubiera quedado paralizado. Carrie escuchó hablar a Alexeis. Lo hizo con tono suave. Habló en griego, y ella no entendió una palabra de lo que dijo.

Pero la mujer que se había acercado y luego detenido parecía estar petrificada. Era una mujer madura, muy delgada, con facciones más fuertes que hermosas, pero resultaba extraordinariamente elegante con aquel vestido largo y el cabello tan bien peinado.

Un poco más atrás de ella había otra mujer más joven. Llevaba puesto un vestido de cuello alto sin mangas de seda en tono verde oliva. Tenía el cabello oscuro recogido en un moño tirante. Un collar de perlas le rodeaba el cuello y de las orejas colgaban las mismas perlas a juego. Tenía unas facciones impactantes que llamaron la atención de Carrie.

Pero también ella permanecía tan rígida como una estatua.

Alexeis avanzó. Parecía darle lo mismo el hecho de que todo el mundo se hubiera quedado callado. Se acercó a la mujer madura que, según dedujo Carrie, debía ser la dueña de aquella villa tan impresionante a la que habían acudido de visita. También pensó distraídamente que la dama le resultaba vagamente familiar, aunque no recordaba haberla visto con anterioridad. En ese caso estaba segura de que se acordaría. Alexeis dijo algo en griego y se inclinó para besar aquella mejilla inmóvil. Luego se estiró. Y sonrió. A la mujer y a Carrie.

–Ella es Carrie –dijo en inglés–. Se aloja conmigo en la casa de la playa. Sé que no te importará que la haya traído aquí.

Durante un largo instante, la escena se quedó paralizada, y luego Alexeis volvió a hablar, avanzando hacia delante y llevando a Carrie con él. Se acercó a la joven del vestido verde oliva y le dijo algo en griego. Carrie se dio cuenta de que su expresión se había vuelto tan inmóvil como la de la mujer mayor. No respondió nada a lo que fuera que Alexeis le estaba diciendo, y luego, como si le costara un gran esfuerzo, inclinó la cabeza y emitió una respuesta monosilábica. Su inmovilidad y la cortante respuesta no parecieron importarle a Alexeis ni lo más mínimo.

Lo que hizo fue llamar a un camarero que llevaba una bandeja de copas, agarró una de champán para él y le pasó otra a Carrie. Ella la sujetó con dedos temblorosos. ¿Qué demonios estaba ocurriendo? Allí había menos gente de la que ella había imaginado, pero se trataba de la misma clase de personas que había conocido en Nueva York, todos vestidos con trajes de noche y con aspecto de ricos. El tipo de personas que se movía en los mismos círculos que Alexeis. Pero nunca nadie la había hecho sentir del modo en que lo estaban haciendo aquellas personas. Carrie se mordió el labio, sintiéndose de pronto espantosamente ridícula.

Varios hombres la estaban mirando abiertamente, y ella deseó con todas sus fuerzas tener el chal para poder cubrirse con él. Se apretó contra Alexeis de modo inconsciente. Él le presionó el codo en gesto tranquilizador y le dedicó una mirada cariñosa.

–Me temo que hemos hecho esperar a todo el mundo para la cena –dijo.

¿Sería ésa la razón por la que la atmósfera parecía poder cortarse con un cuchillo? ¿Porque habían llegado tarde? Pero eso no explicaba por qué todo el mundo la estaba mirando fijamente de aquel modo.

Carrie se colgó de la manga de Alexeis, sintiéndose todavía incómoda, y dejó que él la guiara hacia la mesa. Una vez allí, tomó asiento a su lado.

Pasó el trago de la cena, que fue larga y muy elaborada, lo mejor que pudo. Es decir, más bien mal. Pero aunque lo que deseaba más que nada en el mundo era ponerse de pie y regresar corriendo a la villa de la playa lo más deprisa que le permitieran las sandalias y el vestido de noche, sabía que no podía hacerlo.

¿Por qué estaba todo el mundo, disimuladamente o sin disimular, mirándola fijamente? ¿Qué había hecho que fuera tan terrible? ¿Se trataba del vestido? ¿Era demasiado escotado comparado con los de las demás mujeres que había allí? Pero en ese caso, ¿por qué diablos no le había dicho Alexeis que se pusiera otra cosa, o al menos que llevara el chal? Ella era la única mujer que llevaba el cabello suelto, también, y eso la hacía sentirse todavía más ridícula. No paraba de echárselo hacia atrás por los hombros, tratando de apartarlo, deseando poder recogérselo y terminar con aquello de una vez. Pero cada vez que se lo tocaba, parecía atraer la atención de hombres y mujeres. Algunas miradas se dirigían hacia su cuello, donde el brillo de los diamantes que Alexeis había querido que se pusiera aquella noche resultaba frío sobre su piel. ¿Qué tenían de malo aquellos diamantes, aquel vestido? De acuerdo, algunas mujeres llevaban perlas, pero al menos había una de ellas que tenía un ostentoso collar de rubíes, y otra llevaba un broche enorme de zafiros y diamantes sobre su opulento escote.

¿O sería a ella, se dio cuenta Carrie con una creciente sensación de frío, a la que estaban cuestionando? ¿Se trataba de eso? ¿No sólo porque habían llegado tarde, sino porque Alexeis no le había dicho a la anfitriona que iba con ella? ¿Era ésa la ofensa?

Pero en ese caso, no podía decirse que fuera culpa suya... Ella no se había invitado a sí misma. Ni tampoco era culpa suya no hablar griego. Tampoco hablaba italiano, pero en Milán nadie la había rechazado de aquella manera, aunque tampoco se hubieran puesto a charlar con ella.

No, algo estaba mal. Pero Carrie no sabía de qué se trataba, y lo único que pudo hacer fue tratar de ignorar la situación lo mejor que sabía, seguir cenando aunque apenas pudiera probar bocado. Aunque la conversación estaba teniendo lugar solamente en griego, y nadie hablaba con ella, ni siquiera Alexeis. Entre plato y plato, Carrie se quedó sentada muy tensa, preguntándose para qué la había llevado Alexeis allí. Podría haberla dejado en la villa y no llevarla a aquella opulenta fiesta de su vecina. En cualquier caso, ella era una mujer más allí. Se dio cuenta de que todo el mundo tenía pareja excepto la joven alta con el vestido verde oliva, que estaba sentada en uno de los extremos de la mesa, lejos de Alexeis y cerca de la anfitriona.

Carrie no supo cómo fue capaz de llegar hasta el final de aquella cena. Pero tras lo que le pareció una eternidad de sufrimiento, la gente empezó a levantarse de la mesa. Alexeis volvió a agarrarla del brazo y la guió hacia delante, hacia la anfitriona. Le dijo algo en griego a la dama, y ella le respondió apretando los dientes. Entonces Alexeis le rozó la mejilla con los labios y se llevó a Carrie de allí. Carrie no dijo nada. Estaba completamente concentrada en no tropezar con las sandalias de tacón mientras recorrían el sendero de vuelta a la villa de la playa.

Cuando entraron, Alexeis se giró hacia ella. Tenía una expresión remota.

–Disculpa, pero tengo que mirar mi correo electrónico –dijo alejándose a grandes zancadas. Carrie entró muy despacio en el dormitorio y allí comenzó a desvestirse. Se sentía fatal. Por primera vez desde que conoció a Alexeis, la fantasía parecía haberse desinflado.

Alexeis se quedó mirando la pantalla de su ordenador portátil sin ver nada. Bueno, su método había resultado efectivo, de eso no cabía ninguna duda. Brutal, pero efectivo. Había dejado señalado alto y claro que no estaba en el mercado del matrimonio. La presencia de Carrie a su lado no había dejado ninguna duda.

Pero no había sido una experiencia agradable. Anastasia, como cabía esperar, se había sentido ofendida, pero eso no era tan grave. Así al menos se daría cuenta de que él no era un marido adecuado para ella. Su madre, por supuesto, había estado rígida de ira, rencor y desaprobación. Y esto tampoco era tan grave. No había estado bien que Carrie llamara inevitablemente la atención de los invitados masculinos, pero se marcharían por la mañana, así que no volverían a encontrarse con ellos.

Alexeis miró a su alrededor con desagrado la opulenta decoración del alojamiento blanco y dorado. Cuanto antes se marchara de allí, mejor. Un suspiro enfadado se le escapó entre los labios. Tenía la vida que deseaba, ahora sólo esperaba fervientemente que su madre terminara por aceptarlo y dejara de acosarlo.

Cerró el ordenador portátil. Al día siguiente a aquellas horas estaría en Sardinia con Carrie a su lado. Ya no habría más impedimentos en su camino. Regresaría a la vida que deseaba, sin complicaciones, sin presiones, sin expectativas.

Sólo con Carrie para hacerle sentirse bien.

Se puso de pie, ya de mejor humor, y se dirigió a la cama. Ella ya estaba dormida, acurrucada en una posición casi fetal. Por una vez, Alexeis decidió no despertarla. En aquellos momentos no tenía ganas de sexo. Sólo quería abrazarla para sentirse bien.

Capítulo 7

CARRIE se colocó boca abajo, permitiendo que el calor del sol la acariciara mientras descansaba en una hamaca frente a la casa de la playa. Estaba sola, y por una vez se alegraba. Había dormido mucho tras tomarse unas pastillas para el dolor de cabeza que había empezado a rondarle las sienes tras aquella espantosa cena. Las pastillas la habían hecho efecto enseguida, y no fue consciente del momento en que Alexeis se metió en la cama. Luego, cuando el brillante sol de la mañana atravesó las cortinas ornamentales del dormitorio, Alexeis se había inclinado sobre ella y la había despertado sacudiéndole suavemente el hombro.

–Tengo que ir a la villa, pero no tardaré mucho –le había dicho–. En cuanto regrese, partiremos hacia Sardinia.

Aunque Carrie había estado medio dormida, había captado la tirantez de su tono de voz, pero no le hizo ninguna pregunta. Alexeis se había marchado.

Ella estaba preocupada, pero no quería pensarlo. También se encontraba algo mareada. Tal vez esa espantosa cena le hubiera sentado mal al estómago, además de al estado de ánimo. Carrie se acomodó perezosamente, deseando no sentirse así. Se sentía muy afortunada por estar tumbada en una playa mediterránea, viviendo con tanto lujo, en lugar de trabajando como una esclava en Londres en algo que no le gustaba hacer.

Y tenía tanta suerte de estar con Alexeis… Carrie esperaba sentir la cálida oleada que siempre le llegaba al pensar en él, pero no llegó. Lo que surgió en su mente fue la dureza de su perfil y el desapego que había mostrado hacia ella cuando regresaban de la espantosa cena de la noche anterior.

Carrie sintió una punzada de incomodidad.

El ruido de las piedrecitas de la playa crujiendo la sobresaltaron. Carrie se incorporó a medias apoyándose sobre un hombro, con el cabello cayéndole por los hombros y la parte superior del bikini colocada muy baja sobre los senos. Alzó la vista. Delante del sol había una sombra alta y masculina. Dio un paso hacia ella.

–Vaya, vaya, así que aquí está la deliciosa mujerzuela rubia de Alexeis, luciendo su piel sensual y bronceada…

La voz hablaba en inglés con marcado acento nativo.

Carrie se lo quedó mirando. No podía hacer otra cosa. La figura se acercó más y se dejó caer con naturalidad a su lado en la tumbona. Ella parpadeó. Era un hombre joven, bronceado, con cabello oscuro y un par de ojos azules penetrantes que la miraron fijamente.

Unos ojos que le estaban quitando el bikini con la mirada.

Antes de que Carrie se diera cuenta de lo que estaba ocurriendo, el joven estiró la mano y se la pasó lentamente por su redondeado trasero.

–Oh, qué delicia. Delicioso –volvió a decir la voz de acento marcado–. Supongo que, teniendo en cuenta que te acuestas con Alexeis, no te importará acostarte conmigo también, ¿verdad?

El hombre alzó una ceja en gesto interrogante con la mano todavía apoyada en su trasero.

Carrie le dio una bofetada. Fue un gesto instintivo nacido de la rabia y la ofensa. El hombre se fue hacia atrás de manera exagerada y luego se puso de pie. Se metió las manos en los bolsillos de los pantalones cortos y observó cómo Carrie se ponía de pie, retrocediendo y agarrando su pareo.

–Yo también puedo regalarte diamantes –dijo el hombre con el mismo acento sin apartar nunca los ojos de ella–. Tal vez no tenga una cuenta bancaria como la de Alexeis, pero desde luego puedo comprar diamantes –los ojos del hombre volvieron a desnudarla–. Y tú vales la pena, ángel, desde luego que vales la pena –dijo con voz ronca. Y comenzó a avanzar hacia ella con decisión. Carrie sintió pánico. Se agachó a recoger la piedra más grande que encontró y estiró el brazo hacia atrás.

–¡No te acerques! –gritó con voz chillona por el miedo–. ¡No te me acerques! –le lanzó la piedra. Falló completamente el tiro, y se agachó para recoger otra.

El hombre se detuvo. Su expresión cambió completamente.

–¿Estás loca? –inquirió.

El aire era como cristal en los pulmones de Carrie. El corazón le latía con fuerza por el pánico.

–¡Aléjate de mí! –volvió a gritar.

El hombre soltó una carcajada repentina.

–Vamos, por el amor de Dios, cálmate. No te pondré la mano encima. Sólo quería verte con mis propios ojos después de todo el revuelo que has provocado. Mira, deja la maldita piedra en el suelo, ¿de acuerdo? La próxima vez puede que me abras la cabeza.

Carrie no se movió. El miedo la tenía paralizada. El hombre alzó los brazos en gesto de rendición.

–Mira, cariño, cálmate, ¿vale? Estás a salvo, te lo prometo. Yo no acoso a las mujeres –dejó escapar una carcajada–. ¡Qué diablos, normalmente me acosan a mí! Como te he dicho, sólo quería verte con mis propios ojos. No puedes culparme por ello. Esa vieja bruja está a punto de clavar alfileres en una muñeca con tu imagen por lo que hiciste anoche.

Carrie bajó lentamente la piedra.

–¿Quién eres? –le preguntó.

Se le estaba pasando el terror, y se tranquilizó lo suficiente para mirar al hombre y fijarse en sus facciones. Le resultaban familiares. Frunció ligeramente el ceño. ¿De dónde había salido? ¿De la villa? Pero la noche anterior no lo había visto. El hombre alzó las cejas. Una vez más, le resultó un gesto sorprendentemente familiar aunque no lo hubiera visto en su vida.

–Así que Alexeis no se ha tomado la molestia de informarte, por lo que veo. Bueno, ¿y por qué iba a hacerlo? Después de todo no eres más que una actriz de segunda fila cuyo escenario es la cama de Alexeis. Como te he dicho, cuando se haya cansado de ti puedes meterte en la mía cuando quieras. No hay problema.

Aquellos ojos azules penetrantes volvieron a desnudarla. Carrie apretó con más fuerza la piedra. El pánico había desaparecido, pero otra emoción había ocupado su lugar.

–¡No me hables así! –la ira le cruzó el rostro.

El hombre no parecía en absoluto impresionado. Se limitó a volver a levantar una ceja.

–¿Esperabas algo más? Siento desilusionarte. Mi hermano mayor Alexeis, igual que yo, no mantiene relaciones sentimentales largas. Ni tampoco le gustan las mujerzuelas –el hombre entornó los ojos–. Desde luego, no eres en absoluto su tipo, así que ha debido planear este golpe hace tiempo. ¿Cuándo te recogió?

Carrie sólo había esuchado una frase.

–¿Hermano mayor? ¿Alexeis es tu hermano? –preguntó muy despacio. Se quedó mirando al hombre. Era más joven que Alexeis, pero no mucho, tal vez dos o tres años. Por eso le había resultado tan familiar a pesar de los ojos azules. Y de aquella forma de ser tan detestable.

–Lo es. El autocrático, arrogante y todopoderoso hijo mayor de la familia Nicolaides que tiene por madre a una bruja.

–¿Una bruja?

El hombre volvió a soltar una de aquellas carcajadas sin atisbo de humor.

–¿No te dio esa impresión cuando la conociste anoche? Aunque seguro que ella hizo como que no existías. Tiene la capacidad de borrar de delante a las personas que no le interesa que existan.

Carrie lo miraba fijamente. ¿Qué estaba diciendo? ¿De qué hablaba?

–No te entiendo –dijo.

–Bueno, no tienes por qué –el hombre sonrió de manera desagradable–. Tu papel se limita a tumbarte para que su Excelencia Alexeis Nicolaides consiga su ración nocturna a cambio de unos cuantos vestidos bonitos y unas joyas, por supuesto. Seguro que no eres barata, nena.

Carrie agarró la piedra con más fuerza todavía y echó el brazo para atrás.

–No tengo la menor idea de qué estas hablando –dijo con brusquedad–, pero si de verdad eres el hermano de Alexeis, entonces te sugiero que vayas a buscarlo. Ha ido a la villa, pero seguro que regresa pronto.

Volvió a reírse una vez más. De nuevo sin humor.

–No si la bruja puede evitarlo. Ahora mismo estará leyéndole la cartilla, atacándole. Tal vez sea su hijito del alma, pero anoche se pasó definitivamente de la raya, luciéndote así…

Una vez más, Carrie sólo escuchó una parte de lo que el hermano de Alexeis acababa de decir.

–¿Qué has dicho? –le preguntó en voz baja.

–¿Creías que no iba a echarse encima de él después

de lo que le hizo anoche? Ella había alimentado esta vez grandes esperanzas. Si hay una mujer que le pareciera lo suficientemente digna de su maravilloso hijo, ésa era la recién estrenada heredera de los Savarkos –torció la boca con gesto cínico–. No puedes culparla por intentarlo, por desear que Alexis se alce con semejante premio. La fortuna de los Savarkos conseguiría impresionar de verdad a nuestro amado padre.

Carrie lo miraba fijamente, tratando de encontrarle un sentido a lo que estaba escuchando.

–¿Estás diciendo que… que la mujer de la villa, la que celebró la cena anoche, es la madre de Alexeis?

Los ojos azules la atravesaron con la mirada.

–¿No te dijo quién era?

Carrie sacudió muy despacio la cabeza. Se le formó un nudo en la garganta, más duro que la piedra que todavía sujetaba entre las manos. El hermano de Alexeis dijo algo en griego que no sonó muy educado. Se acercó a ella, y esta vez Carrie no retrocedió a la defensiva, no se preparó para lanzarle la piedra. Parpadeó.

¿Cómo podía ser verdad? ¿Alexeis la había llevado a cenar a casa de su madre sin decírselo?

Pero, ¿por qué?

–No entiendes nada, ¿verdad? –la voz y la expresión se suavizaron, mostrando cierta compasión–. Vamos, siéntate. Es un poco complicado, pero te lo explicaré.

Carrie sintió cómo la agarraban del brazo y la obligaban a sentarse de nuevo en la hamaca. El hombre tomó asiento a su lado. Ella se apartó instintivamente y lo miró con desconfianza.

–Bien, escúchame. Hasta las mujerzuelas tienen derecho a saber que las han colocado en una posición comprometida. Así que ahí te va –el joven aspiró con fuerza el aire y comenzó–. Me llamo Yannis, y soy el hermano pequeño de Alexeis. En realidad es mi hermanastro. Su madre es Berenice Nicolaides, la bruja. Cuando Alexeis era casi un bebé, su padre dejó embarazada a su amante. Como Berenice no podía tener más hijos, mi querido padre decidió abandonar a su esposa y casarse con su amante. Al parecer, eso provocó un gran escándalo y Berenice se volvió medio loca. Y más cuando la amante del viejo se mudó al nido de amor que había construido para ella.

Yannis señaló con la cabeza la casa de la playa.

–¿Te has preguntado por qué parece por dentro el tocador de una prostituta? Porque lo es, ésa es la razón.

Yannis apretó los labios un instante antes de seguir hablando.

–En cualquier caso, el divorcio llegó justo antes que tu seguro servidor –Yannis hizo una reverencia exagerada–. Después de todo, no soy un bastardo. Algo que la bruja no me ha perdonado nunca. No sólo me convertí oficialmente en el segundo hijo, sino, lo que fue peor para ella, la amante pasó a ser Kyria Nicolaides.

Carrie tragó saliva. Volvió a apartarse de él. En sus ojos había desagrado.

–Hablas de tu madre como si fuera... como si fuera...

Yannis torció el gesto. Sus ojos azules volvieron a brillar.

–Cito textualmente a la bruja. Y a mi querido padre, por supuesto. Sí, mi madre se llamaba Kyria Nicolaides, pero sólo de nombre. Para él seguía siendo únicamente su amante –Yannis aspiró con fuerza el aire–. Así que ésa es la situación. La bruja me odia, y el sentimiento es recíproco. También odia al viejo desde hace treinta años. Su objetivo principal en la vida es verme lejos de la fortuna de los Nicolaides para asegurarse de que Alexeis se quede con todo. Cree que si le consigue una heredera rica le dará más puntos, y por supuesto, está la perspectiva del nieto. Así que le presenta con regularidad a alguna candidata por si cuela. Hay que decir en honor de Alexeis que nunca pica, de hecho le molesta profundamente.

Los ojos azules se volvieron a clavar en ella.

–Y ahí es donde entras tú. Está claro que Alexeis ha decidido que ha llegado la hora de que su querida mamá capte por fin el mensaje. ¿Por qué va a casarse si puede tener a una mujer como tú que le caliente la cama todas las noches? –Yannis se puso de pie. Carrie siguió sentada donde estaba; no podía moverse.

Él la miró. Su rostro reflejaba todavía aquella expresión de cinismo y ruda simpatía, pero ahora mostraba además algo de impaciencia.

–Mira, no te lo tomes tan mal. De acuerdo, te ha utilizado, pero las chicas como tú ya saben cómo va el juego. Saca todo lo que puedas mientras estés con él. Alexeis sólo te escogió porque sabía que serías perfecta para el numerito de anoche.

Carrie levantó la cabeza.

–¿Te importaría marcharte por donde has venido? –tenía la voz cortante y apenas podía pronunciar palabra. La piedra de la garganta parecía cada vez más grande.

Yannis se encogió de hombros, como si su reacción le hubiera irritado.

–Vale, Alexeis tenía un plan. ¿Y qué? No es tan grave. Ni que entre vosotros hubiera flores y corazones…

–¿Te importaría irte, por favor?

Finalmente lo hizo. Carrie observó con el rostro tan tenso como una tabla mientras Yannis caminaba por las piedras hasta llegar a un bote neumático que estaba amarrado en la playa. Lo vio partir con las manos fuertemente agarradas en el regazo. Cuando el bote había llegado casi al cabo, escuchó unos pasos detrás de ella.

Se giró y vio a Alexeis caminando por el sendero de la villa sin mirarla, con la vista clavada en el mar. Vio cómo su expresión de sorpresa se convertía en furia. Luego posó los ojos en ella.

–Siento haber tenido que dejarte –dijo–. ¿Has hecho las maletas, o mando llamar a una doncella de la villa?

Tenía la voz tensa, abstraída. Pero Carrie no estaba en condiciones de darse cuenta. Se forzó a responder mientras se ponía el pareo alrededor del cuerpo.

–No. Sólo me llevará cinco minutos –consiguió decir. Le temblaba la voz. No podía mirarlo. La piedra que llevaba dentro era demasiado grande. Lo miró de reojo un instante cuando entró en la casa. Escuchó a Alexeis caminando detrás de ella. Parecía como si las paredes se movieran. Carrie tuvo que agarrarse al picaporte de la puerta para no perder el equilibrio.

–Carrie, ¿estás bien? –preguntó Alexeis con voz cortante.

Ella parpadeó, se agarró a la puerta y trató de fijar la vista, pero de pronto, un retortijón abdominal la hizo doblarse.

–¡Carrie!

Alexeis la agarró del brazo libre y la sostuvo, pero volvieron los retortijones, obligándola a gritar de dolor.

–El baño –consiguió decir.

Alexeis la ayudó a entrar. Carrie cerró la puerta tras ella, no quería que él la viera. Luego se dejó caer en el asiento del retrete. Volvieron los retortijones, y tuvo que morderse el labio para evitar soltar un grito. Luego, por suerte, pasaron. Esperó sentada, sintiendo cómo el sudor le perlaba la frente.

–¿Carrie?

–Estoy… estoy bien –jadeó ella. Se puso de pie; había sido un retortijón, nada más. Pero al levantarse volvió a marearse, y dejó caer la cabeza para recobrarse.

Y entonces vio la sangre deslizándose por la cara interior de su muslo.

Una neblina rodeó su mente, y cayó al suelo lentamente y sin hacer ruido.

Estaba tumbada en la cama, en una habitación blanca muy grande con cuadros en las paredes y persianas venecianas que la protegían de la luz. Se apoyaba sobre varias almohadas, y se sentía tan débil como un gatito. Tenía los pies levantados sobre unos cojines. Había un médico, y una enfermera le estaba arreglando la cama. No había nadie más. El médico hizo un gesto con la cabeza y la enfermera salió de la habitación. Entonces él se acercó a Carrie con expresión neutra. La miró un instante y luego le habló en inglés con marcado acento griego.

–Ha dejado de sangrar. Pero puede que vuelva a suceder. Lo que tengo que preguntarle, en cualquier caso –la expresión de absoluta neutralidad se intensificó–, es si ha sido provocado.

Carrie se lo quedó mirando sin entender nada.

–Esas cosas ocurren –aseguró el médico–. Y a veces, resulta incluso comprensible. Pero si ése es el caso, debo decirle que tendrá que buscar otro médico. Si el sangrado no fue inducido, entonces por supuesto que haré todo lo que esté en mi mano por ayudarla.

Carrie no entendía nada. ¿De qué estaba hablando? Se humedeció los secos labios. El miedo era como un cuchillo dentro de su cerebro.

–¿Qué… qué me pasa?

El médico se puso tenso.

–¿No lo sabía? Bueno, eso también es posible. Después de todo, todavía es muy pronto –la miró con expresión de simpatía y tristeza–. Está usted embarazada. Y en grave peligro de perder el bebé.

Capítulo 8

ALEXEIS se detuvo a la entrada del dormitorio. No quería hacer aquello. Pero no tenía elección. Había llevado el cuerpo inmóvil de Carrie lo más deprisa que pudo a la cama de una de las habitaciones de invitados de la villa de su madre. Luego llamó a un médico, y después de que hubiera examinado a Carrie le pidió que le dijera sin tapujos qué ocurría.

Y el médico se lo había dicho.

El impacto había sido como una explosión dentro de su cabeza, y la siguiente pregunta fue la que cualquier hombre en su situación habría hecho.

–¿De cuántas semanas está?

–De muy pocas. Si no me hubiera mandado llamar, seguramente ella habría pensado que se le había retrasado el periodo. Muchas mujeres abortan sin ser siquiera conscientes de que estaban embarazadas. Pero en este caso –miró a Alexeis directamente a los ojos–, el aborto podría evitarse. Digo podría. El reposo absoluto es esencial, y también la ausencia de estrés. Creo que eso fue lo que le provocó el colapso.

Alexeis apretó las mandíbulas, pero no dijo nada, sólo preguntó qué cuidados médicos se necesitaban. Ahora que el doctor se había marchado, tenía que entrar y ver a Carrie.

Era lo menos que podía hacer.

Pero al mismo tiempo, sus pensamientos eran de lo más sombríos. ¿Cómo podía ser de otra manera?

¡Cielos, menudo lío! ¡Menudo lío terrible!

Pero mesarse los cabellos no serviría de nada. Tenía que entrar y afrontarlo. Afrontarlo de la única manera posible. Empujó la puerta con gesto grave y entró. Las persianas seguían echadas y la habitación estaba en penumbra. Carrie parecía muy pequeña en la cama de matrimonio que había en aquella gigantesca habitación de dimensiones palaciegas. Parecía también fuera de lugar, como estuvo la noche anterior durante la cena. Alexeis bloqueó aquella imagen, aquel recuerdo. Pero seguía allí.

Se acercó despacio a ella. Carrie lo estaba mirando, pero en sus ojos había algo diferente. Alexeis sintió un nudo en el estómago. Lo que deseaba hacer en aquel momento por encima de todo era marcharse de allí. Pero no podía. Tenía que enfrentarse a aquello. No quedaba más remedio.

–¿Cómo te encuentras? –le preguntó.

Carrie lo miró. Alexeis tenía el mismo aspecto de siempre. Durante un instante, durante una fracción de segundo, sintió que respondía a su presencia igual que siempre. Pero entonces, el peso de la verdad cayó sobre ella sin piedad como una monstruosa losa. Deseaba cerrar los ojos, negar aquella pesadilla. Que no fuera cierto, que no lo fuera, por favor.

Pero era real, a pesar de sus desesperadas plegarias. Estaba embarazada. Embarazada de Alexeis. Un hombre para el que no era más que basura.

En la mente de Carrie se cruzaron las crueles y espantosas palabras que le había dicho el hermanastro de Alexeis. Unas palabras que la habían desgarrado.

Unas palabras que eran crueles y espantosamente ciertas.

¿Lo eran? ¿O se trataba de una acusación infundada proveniente de alguien que estaba claramente celoso de todo lo que Alexeis tenía? La duda se abrió paso en su interior. Una duda débil y frágil, pero una duda al fin y al cabo. Miró a Alexeis a la cara.

Sí, la había recogido de la calle, pero no tenía que sentirse sucia por ello. Y el hecho de que toda la situación pareciera sacada de una película no significaba que fuera algo vergonzoso y barato. Alexeis nunca la había tratado como si ella fuera una cualquiera. Y la noche anterior... la noche anterior...

A través de la duda llegó el recuerdo. El recuerdo humillante de la noche anterior y de aquella espantosa cena a la que Alexeis la había sometido deliberadamente, sabiendo lo que hacía. El modo en que todo el mundo la había mirado, incluida, ahora lo sabía, la madre de Alexeis. La miraron como si estuviera contaminada. Y ahora estaba esperando el hijo de un hombre que la había sometido al desprecio de su madre y de todos sus invitados.

Carrie apartó la cabeza. No podía soportar mirarlo. La piedra de la garganta la estaba ahogando. El horror se apoderó de ella.

Yannis la había llamado mujerzuela, y tenía razón. Eso era exactamente, una estúpida cabeza de chorlito con ínfulas de vivir una existencia que no le pertenecía, una fantasía a la que calificaba de romántica y que no era más que una aventura sórdida y barata.

Una vez más, su cabeza recordó todas las cosas horribles que Yannis le había dicho aquella mañana. Y todos los espantosos recuerdos de la noche anterior.

Con razón todo el mundo se la había quedado mirando. Veían a la amante rubia de Alexeis Nicolaides con un vestido que casi se le caía y la recompensa de una buscona colgada del cuello.

¡Oh, cielos, qué estúpida, qué estúpida había sido!

Y lo que más le dolía era que eso exactamente había estado pensando Alexeis todo el tiempo. Ella se había hecho estúpidas y patéticas ilusiones respecto a lo que había hecho, colocando un halo rosado por encima de la situación, pero Alexeis nunca lo había visto así. Para él siempre, siempre había sido lo que Carrie ahora sabía que era la verdad. ¿Cómo iba a ser de otra manera? Y ahora la mujerzuela había hecho lo peor que podía hacer... se había quedado embarazada.

Embarazada... La palabra resonó una vez más en el interior de su cabeza.

No podía estar embarazada... ¡No podía!

Pero por supuesto, lo estaba. En Nueva York habían hablado de la anticoncepción, y Carrie le había dicho que no estaba tomando la píldora. Alexeis le había asegurado que, naturalmente, él se ocuparía de todo, y siempre parecía tener mucho cuidado. Pero los preservativos no eran fiables al cien por cien, y ella era la prueba viviente.

–¿Carrie? –la voz de Alexeis resultaba tensa. Bueno, así tenía que ser, ¿no?, pensó ella con amargura. ¡Menudo desastre para él!–. No quiero que te preocupes de nada –aseguró Alexeis–. Quiero que sepas que voy a cuidar de ti de todas las formas que sea necesario.

Carrie siguió con la vista clavada en la pared, sin decir nada. La piedra de la garganta la estaba ahogando.

–Carrie...

La angustia de la voz de Alexeis estaba escrita con letras gigantes. «Dios», pensó Carrie. «Seguro que la vida se ha portado fatal con él al hacerle esto».

Carrie notó el esfuerzo que tenía que hacer para continuar.

–Quiero que sepas –dijo él–, quiero que sepas que si sigues estando embarazada, me casaré contigo.

Carrie escuchó las palabras. Las escuchó caer sobre el silencio.

Como piedras.

Ella cerró los ojos.

–Carrie…

Dios todopoderoso, ¿por qué no se callaba? ¿Por qué no se iba?

Que se fuera, que se fuera y ya,

Alexeis la miró. Carrie le había apartado la cara y estaba mirando la pared. Se sintió muy frustrado. ¿Qué más quería ella que le dijera? ¿Qué otra cosa podía decir? ¡Nada! ¡No podía decir nada! Excepto desear que aquello no hubiera ocurrido jamás.

Pero había sucedido, y lo único que podía hacer era enfrentarse a ello.

Aguantar el tirón.

Se le escapó un suspiro profundo y se giró sobre los talones. Tenía que salir de allí.

Se refugió en el despacho que había en la villa, igual que en todas las propiedades de los Nicolaides. Podría ponerse a trabajar un poco. Hacer algo para pasar el tiempo. Las horas que decidirían su destino. Un destino que colgaba sobre su cabeza como la espada de Damocles.

Sintió un nudo en el estómago.

No quería que Carrie estuviera embarazada. No quería que fuera verdad.

Por favor, que no fuera verdad.

Dios, ¿cómo era posible que algo tan efímero como el placer sexual pudiera desencadenar en algo así? Una mujer, embarazada de su hijo…

Alexeis apartó la mirada del ordenador, abrió las puertas que daban a la terraza y salió a tomar el aire. En el exterior todo parecía muy normal. Desvió los ojos hacia el mar azul que quedaba más allá de la terraza. En él se divisaba una vela blanca dirigiéndose hacia el viento para virar. Alexeis sabía que era Yannis. Lo había visto aquella mañana cuando regresó del doloroso y necesario encuentro con su madre tras la pesadilla de la noche anterior. Le había cortado en seco la reprimenda que ella tenía preparada por su comportamiento diciéndole que ella era la única culpable. Alexeis dejó de pensar en ello. Las maniobras casamenteras de su madre ya no eran necesarias… resultaba de lo más irónico.

Siguió mirando el bote neumático. Yannis sentía una perversa inclinación a quedarse en la casa barco que estaba amarrada en uno de los extremos de la villa. La casa de la playa que su padre había conservado con un propósito igualmente maligno. La madre de Yannis se había instalado allí. Muy cerca, a una distancia conveniente caminando desde la villa principal. Dejándole muy claro a la esposa que ya no amaba que prefería la compañía de su joven y bella amante a la suya.

Una amante a la que había dejado embarazada por accidente, sin desearlo. Y al hacerlo, había cambiado sus vidas para siempre.

Alexeis observó cómo Yannis ejecutaba un experto viraje y continuaba navegando. Habían pasado más de treinta años desde que la concepción de Yannis hubiera cambiado la vida de todos.

Se preguntó si algún día, siendo viejo, no estaría allí de pie viendo a su hijo navegando por la bahía. Un hijo cuya concepción no habría sido más que un accidente.

Fue como si el tiempo se estuviera agolpando a su alrededor. Largos años, del pasado y del futuro, se fusionaban en su conciencia. La vida, las vidas, se reunían a sus costados, reculando hacia el pasado, avanzando hacia el futuro, encontrándose en aquel punto, aquel nexo del destino. La enormidad de lo que había ocurrido resonaba junto al pasado que todavía estaba allí, vivo y real. Porque Yannis era real y estaba vivo. Como lo era el niño que crecía en el vientre de Carrie. Algún día, la vida adulta de ese niño sería el presente, y este momento, el de su concepción, un pasado lejano, tan lejano como la concepción de Yannis, que había cambiado sus vidas para siempre.

Le vino a la cabeza una frase que había leído en alguna parte. Y que no se había llegado a creer del todo.

No se llega a comprender el tiempo hasta que se es padre. Los niños crean el tiempo por el mero hecho de existir. Crean el pasado y el futuro.

Ahora entendía el significado. El niño que crecía en el vientre de Carrie estaba creando el futuro de Alexeis, un futuro al que tendría que enfrentarse. Un futuro que algún día contemplaría como un anciano, mirando hacia atrás, hacia aquel instante.

Pero Alexeis pensó que no deseaba aquel futuro. Deseaba el pasado. Quería que regresara el pasado. El pasado conocido, divertido, placentero y sin complicaciones. El pasado que existía hacía apenas un día atrás… Pero el pasado había muerto, y nunca regresaría. Su vida había cambiado para siempre.

A menos que…

No. Apartó de sí aquel pensamiento. No pensaría en ello. No lo desearía.

Hacerlo sería algo monstruoso.

Alexeis regresó con rabia hacia el interior. Regresó al ordenador, a su trabajo, en busca de olvido.

–¡Alexeis!

La voz que le llegó desde el umbral de la puerta resultaba autoritaria, imperativa.

–Alexeis, tengo que hablar contigo.

La voz volvió a hablar, y él se vio obligado a responder. No podía hacer otra cosa. Aunque deseara con todas sus fuerzas que su madre no estuviera allí, que se hubiera ido a primera hora de la mañana con todos sus invitados, ella estaba allí y no había nada que hacer. Ahora, al volver a escuchar la voz de su madre en la puerta, las palabras que le había espetado antes, diciendo que nunca se casaría, le arañaron con fuerza la cabeza, burlándose sin piedad de él. Al parecer, iba a enfrentarse al matrimonio, después de todo.

Alexeis se giró hacia su madre, que estaba en la entrada del despacho con posición rígida. Tenía el rostro serio.

–¿Es eso verdad? –preguntó–. ¿La chica que has traído está embarazada?

Alexeis vio cómo agarraba con los dedos el quicio de la puerta con tanta fuerza que se le quedaron las yemas blancas.

–Sí –respondió.

–¿Tú lo sabías? –inquirió Berenice Nicolaides con el mismo tono de voz.

La expresión de Alexeis se ensombreció.

–No. No lo supe hasta que esta mañana se desmayó.

–¿Va a perderlo?

–No lo saben. Puede ser. Existe la amenaza.

Alexeis se puso tenso, esperando a que su madre volviera a hablar. Que dijera lo que sabía que deseaba decir.

Pero ella entró en la habitación y cerró la puerta tras de sí.

–¿Qué vas a hacer? –preguntó. La nota inquisitoria había desaparecido. Ahora sólo quedaba una absoluta neutralidad. Y eso le castigaba más.

Alexeis la miró.

–Lo que tengo que hacer –respondió–. Casarme con ella.

Berenice asintió lentamente. Luego aspiró con fuerza el aire.

–¿Estás seguro de que el hijo es tuyo?

Alexeis apretó los labios.

–Sí –respondió con aspereza.

Su madre alzó las cejas con escepticismo.

–Está de muy pocas semanas, y Carrie lleva conmigo... cierto tiempo –aseguró.

Los ojos de su madre se dirigieron hacia las puertas que daban a la terraza, en dirección al mar, donde el bote de Yannis todavía resultaba visible. Luego volvió a girarse hacia su hijo.

–Entonces –dijo con voz grave–, ha vuelto a ocurrir. El mismo destino que me destruyó a mí te está destruyendo a ti ahora. ¡Por todos los santos, es de una crueldad insoportable!

Berenice cerró los ojos y luego volvió a abrirlos de golpe.

–He protegido tus intereses durante toda tu vida, he luchado por ti, ¿y todo para qué? ¡Para nada en absoluto! –su expresión se desfiguró–. ¡Mi propio hijo ha caído en las redes de una mujer cazafortunas!

–¡No es una cazafortunas! –replicó Alexeis con firmeza–. ¡No sabes nada de ella!

Los ojos de su madre despidieron un brillo irónico.

–¿No sé nada de ella? ¡Sé todo lo que necesito saber! ¡La he visto con mis propios ojos! Ya te aseguraste tú de ello cuando la exhibiste aquí anoche. Y esta mañana me has explicado con total claridad por qué te niegas a casarte. ¡Está absolutamente claro el tipo de chica que es, y ahora se ha quedado embarazada!

Su rostro volvió a desfigurarse.

Alexeis dio una palmada sobre el escritorio.

–¡Ya es suficiente! No te permito que hables así de ella –se puso de pie. Tenía los labios apretados y el rostro demudado. Aspiró con fuerza el aire y miró directamente el convulsionado rostro de su madre.

–Sería mejor que te fueras –aseguró–. Aquí no hay nada que hacer excepto esperar.

Los ojos de su madre le escudriñaron el rostro.

–Entonces, ¿estás preparado para casarte con ella?

Alexeis asintió.

–No tengo elección.

Los ojos de Berenice se posaron sobre él, oscuros e impenetrables.

–No –reconoció–. No tienes elección. Eres un hombre de honor, y harás lo que debes hacer. No espero menos de ti –cambió de expresión–. Eres todo lo que tengo, Alexeis. Tu padre quiso apartarme de ti para provocarme ante el hecho de que me rechazara como a una muñeca rota. Pero yo peleé con él.

Se acercó a Alexeis y le rozó la mejilla con los dedos.

–He sido bendecida contigo, con ser tu madre. Y siempre protegeré tus intereses –le dedicó una de sus escasas sonrisas, y Alexeis, con un nudo en la garganta, pensó en cómo cambiaba ese gesto sus duras facciones–. Aunque tú no quieras que lo haga –aseguró.

Berenice tomó aire y dejó caer la mano. Cuando volvió a hablar, la voz le había cambiado.

–Defiendes a la joven... Crees que no buscaba atraparte. ¿Por qué?

–Porque ella no es así.

–¿Estás seguro?

–Sí.

Su madre entornó los ojos.

–Las mujeres pueden ser muy astutas y ocultar su verdadera naturaleza.

Alexeis frunció el ceño.

–Ella no es esa clase de mujer. Es... –se le entrecortó la voz.

Berenice alzó las cejas, pero él no siguió adelante.

–¿Y qué sabes de ella, considerando que vais a casaros? –continuó su madre.

Alexeis cambió el peso de su cuerpo con gesto incómodo. No quería seguir con aquella conversación. Eran dos mundos que había mantenido absolutamente separados. Pero ahora esos mundos habían chocado de manera catastrófica.

–La conocí en Londres –dijo, consciente de que estaba dando evasivas–. No sé muchas cosas de ella. Acababa de llegar a la ciudad. No tiene familia y trabaja de camarera.

–¿Una camarera? –la voz de Berenice Nicolaides resultaba inexpresiva.

–No puede evitar ser pobre, igual que no puede evitar ser…

Se quedó sin voz.

–¿Completamente inadecuada para convertirse en la esposa de un Nicolaides? –lo ayudó su madre a terminar con voz seca.

Alexeis apretó la mandíbula. Era consciente de que su madre tenía los ojos clavados en él. Pero él no quería cruzarse con ellos. Treinta años de tormentosa historia familiar descansaban sobre aquellas sencillas palabras. La madre de Yannis también había resultado «inadecuada».

Una imagen le quemó la retina: Carrie durante la noche anterior, sentada a su lado en la cena de su madre, componiendo exactamente el cuadro que él quería. Demostrándole a su madre y al resto de invitados exactamente lo que él quería que demostrara. Y ahora se tenía que enfrentar a tenerla a su lado como esposa.

Cielos, si hubiera tratado de empeorar las cosas, de hacerla todavía mas «inadecuada», no le habría salido mejor.

–Es… un inconveniente –aseguró. Fue todo lo que pudo decir–. A ella le costará trabajo, pero… –ahora sí se atrevió a mirar a su madre, a cruzarse con su implacable mirada–. Tendrá mi apoyo, mi cariño.

Se hizo el silencio entre ellos. No se le ocurría nada más que decir. ¿Sería aquello lo que su padre había sentido tantos años atrás, cuando su amante le dijo que estaba embarazada? Y ahora le estaba sucediendo lo mismo a él.

Su madre aspiró con fuerza el aire antes de hablar.

–Si así debe ser, entonces te apoyaré. Haré lo que esté en mi mano para –Berenice se encogió de hombros con gesto impotente– minimizar las dificultades. Pero…

Volvió a detenerse, y luego cambió lo que tenía pensado decir. Alzó las manos. Cuando volvió a hablar, lo hizo con tono neutro, carente de emoción.

–Esta noche salgo hacia Suiza. Tengo reserva en el Kursaal para la semana que viene, pero llegaré antes, no importa –se paró un instante–. Me lo harás saber, ¿verdad?

No hacía falta decir a qué se refería.

–Por supuesto –la voz de Alexeis también resultaba neutra. Pero la expresión de sus ojos seguía igual de atormentada.

Berenice asintió y no dijo nada más. Luego, como siguiendo un impulso, dio un paso adelante, le agarró los brazos y le depositó un beso frío en la mejilla.

Una vez en la puerta, se giró para mirarlo una última vez. La expresión dura había regresado a su rostro.

–Tú eres lo único que me importa. Todo lo que hago lo hago por ti, no lo olvides.

No esperó respuesta. Se limitó a abrir la puerta y se marchó.

Alexeis regresó a su trabajo sin ningún ánimo. Cuando ocupó su lugar frente al ordenador, se sintió de pronto muy solo.

Deseaba abrazar a alguien. Alguien que le permitiera estrecharla entre sus brazos y atraerla hacia sí, para sentir su cuerpo suave y escuchar el lento latido de su corazón.

La ironía de la situación resultaba particularmente mordaz.

La puerta del dormitorio estaba abierta, y Carrie giró la cabeza sin ninguna curiosidad. ¿Era la enfermera? Pero la mujer que entró no era enfermera. Muy a su pesar, Carrie se puso tensa.

Berenice Nicolaides se acercó directamente a la cama y se quedó allí un instante, mirándola. Había un ligero ceño bajo la perfecta capa de maquillaje de su rostro enmarcado por aquel sofisticado peinado.

–Pareces distinta –dijo Berenice–. No te habría reconocido.

Su inglés resultaba fluido, pero con marcado acento griego, y con un tono bastante grave para tratarse de una mujer. Tenía las facciones marcadas, y Carrie se dio cuenta entonces de lo mucho que se parecía a su hijo. Una mujer con atractivo sería probablemente la expresión que mejor la definiría.

No era ninguna sirena. Ni ninguna belleza.

Ni ninguna mujerzuela.

Carrie la miró. Hubo dos cosas que le llamaron la atención. La primera de ella fue que era capaz de mirarla, teniendo en cuenta el modo que la noche de aquella espantosa cena, se había pasado todo el tiempo con la vista clavada en el plato. La segunda era que la mujer no tenía una expresión glacial como la de la otra noche.

–Me gustaría hablar contigo –dijo la madre de Alexeis.

Berenice Nicolaides miró a su alrededor en la habitación en penumbra. La silla de la enfermera estaba contra la pared, y durante un instante pareció irritada, como si tuviera que haber allí una doncella para colocar la silla cerca de la cama. Pero en la habitación no había ninguna doncella, así que lo hizo ella misma con muy poca gracia. Tomó asiento y cruzó elegantemente una pierna sobre la otra.

–Quiero hacerte una proposición –dijo con voz fría, como si estuviera tratando un asunto profesional–. No te insultaré ni me insultaré a mí misma andándome con rodeos ni con evasivas. Mi oferta es ésta: te pagaré la suma de cinco millones de euros si me acompañas a una clínica discreta de Suiza, donde se harán cargo de tu situación.

Carrie la miró. Escuchó las palabras, las oyó desde el lugar en el que estaba sentada la madre de Alexeis, desde donde estaba el resto del mundo. Pero ella no estaba allí. Estaba en algún otro lugar, en un sitio donde no podía entrar nadie más.

Un lugar protegido por un muro alto e impenetrable. Una barrera que no permitía que entraran ni salieran sentimientos.

Sólo palabras.

–Si espera unos cuantos días podría ahorrarse esa enorme suma de dinero. La Naturaleza puede hacer el servicio que usted pretende sin necesidad de pagar nada –su voz resultaba tan carente de emoción como el ofrecimiento de la otra mujer, que quería pagarle para que terminara con aquel embarazo inesperado y no deseado, un desastre personal y social para su hijo, Alexeis Nicolaides.

–La Naturaleza es imprevisible. La clínica no lo será. Y además –la expresión de Berenice Nicolaides cambió–, no me gustaría que te marcharas con las manos vacías. Eso no sería justo. Y también, hay otra razón. Alexeis, como ya te habrás dado cuenta, se siente cargado por el peso de la responsabilidad. Tiene que liberarse de ella.

–Y eso se conseguirá cuando sepa que he aceptado su dinero para someterme a un aborto, ¿verdad? –la voz de Carrie seguía sin reflejar ninguna emoción. La otra mujer arqueó las cejas.

–Lo has entendido sorprendentemente rápido. Alexeis me dijo que eras camarera –Berenice pronunció la segunda frase como si estuviera en contradicción con la primera. Su expresión volvió a cambiar. Se inclinó ligeramente hacia delante–. ¿Vas a aceptar mi oferta?

Carrie la miró. Su rostro no reflejaba nada. Absolutamente nada.

Berenice Nicolaides volvió a reclinarse hacia atrás. Cuando volvió a hablar, su voz sonaba tranquila, como si estuviera charlando del tiempo.

–Sería un error que te casaras con mi hijo.

Durante un instante sólo se escuchó el silencio.

–Un matrimonio semejante le haría sentirse desgraciado. No hablo con malicia, sino por experiencia –aseguró Berenice–. No de la mía, sino de la de la mujer que me remplazó –clavó sus ojos oscuros en Carrie–. Ella era como tú. Y si tú te casas con mi hijo, serás como ella. Amargamente desgraciada. No te deseo ese destino, el de ser una carga para un hombre. Alexeis te tratará bien, no es como su padre, pero un matrimonio así no puede funcionar.

La mirada oscura se volvió de pronto amenazante, como un cuchillo recién afilado.

–Y si te casas con mi hijo por su dinero sufrirás las consecuencias todos los días de tu vida. ¡Que no te quepa la menor duda! Soy una enemiga temible, no me conviertas en eso. Acepta mi oferta o tendrás motivos para arrepentirte de ello.

En la mente de Carrie se formaron unas palabras. Palabras duras, amargas.

Con razón la apodaban «la bruja».

Sintió un gran frío interior. Yannis no le había mentido.

Berenice Nicolaides se levantó de la silla.

–¿Y bien?¿Aceptas mi oferta? –volvía a tener una expresión glacial, dura y carente de emoción. Estaba esperando una respuesta.

Carrie se la dio. Las palabras surgieron de ella cargadas de furia. Los ojos le echaban chispas.

–No, no mataré a mi hijo por cinco millones de euros. ¿Responde eso a su pregunta?

Berenice Nicolaides se quedó quieta. Muy, muy quieta. Su rostro no reflejaba nada. Nada en absoluto.

Luego se giró para salir de la habitación.

Carrie se quedó allí tumbada, temblando y rodeándose el vientre con las manos.

Sintiéndose morir.

Capítulo 9

ALEXEIS renunció a intentar hablar con Carrie. Cada vez que le hacía una pregunta, sus respuestas resultaban siempre monosilábicas. Era consciente de que no le importaba tirar la toalla. Carrie estaba allí tumbada, la habitación seguía en penumbra, y ella estaba casi en la misma posición que el día anterior. Parecía como si no se hubiera movido. Pero había algo que Alexeis sí sabía: no había vuelto a sangrar. Seguía embarazada.

El médico iba a volver por la tarde. Le había dicho a Alexeis con brusquedad que, en cualquier caso, no había mucho que él pudiera hacer, pero Alexeis había insistido en que viniera de todas maneras. Quería asegurarse de que si ocurría algo, sería capaz de poder tranquilizarse luego a sí mismo diciéndose que había hecho todo lo que estaba en su mano para evitarlo, que había hecho todo para asegurarle a Carrie los mejores cuidados. Ahora se giró hacia ella y le dijo:

–Es muy duro –comentó con voz vacilante–, esto de tener que esperar.

Ella no contestó.

–Hay que tener esperanza –aseguró Alexeis.

Carrie posó los ojos en él. No dijo nada. ¿Qué podía decirse? ¿Qué era lo que cabía esperar? Nada. No había esperanza.

Tenía que marcharse. Tenía que irse de allí.

Aquello era a lo único a lo que se agarraba.

Tenía que salir de allí.

Era algo obligado, primordial. Tenía que escapar de cualquier modo posible de aquella casa, de aquel mundo.

Escapar de Alexeis.

Escapar de aquel horrible destino que había planeado para ella.

El matrimonio.

Carrie volvió a ser presa de la emoción.

¿De verdad creía Alexeis que se casaría con él? ¿De verdad lo creía?

Porque aquello era algo que Carrie nunca haría. Nunca. Entregaría a su hijo en adopción, no tenía más opción. ¡Ninguna más! Aquélla sería la única manera de asegurarse de que su hijo estuviera a salvo con una familia que lo quisiera, a salvo del destino con el que Alexeis lo amenazaba, a salvo de crecer siendo considerado un deber, una responsabilidad, una carga...

Sufriría un desgarro insoportable, pero tendría que hacerlo.

No había ninguna otra salida. Le había dado vueltas y vueltas a la cabeza, mientras aquella piedra seguía atravesada en su garganta.

No podía permitirse criar a un hijo sola, no condenaría a su bebé a la dureza de una familia monoparental que viviría del Estado y sin el apoyo de otros familiares ni amigos. Y aunque tuviera dinero, ¿cómo iba a enfrentarse a Alexeis, que contaba con tanta riqueza a su disposición? La adopción era el único camino, la única esperanza.

La piedra se le cerró en la garganta, bloqueándolo todo.

Alexeis estaba hablando otra vez. Siempre le estaba hablando, nunca la dejaba en paz. Carrie tenía que mantenerle alejado, lejos del alto e impenetrable muro que había construido en su cabeza, el muro que no permitía que nada quedara fuera ni dentro, el muro tras el que ella se había parapetado, dando vueltas y vueltas en su interior.

–Aquí... está muy oscuro... ¿No te gustaría abrir las persianas?

–No –la voz de Carrie no encerraba ninguna emoción. Miró a Alexeis. Su rostro tampoco reflejaba nada. Sintió una oleada de emoción tratando de entrar en ella una vez más, pero Carrie se lo impidió.

–Estoy muy cansada –aseguró–. Creo que voy a dormir un poco más.

Alexeis asintió.

–Sí, será lo mejor –murmuró. ¿Qué otra cosa podía decir?

Carrie volvió a guiar la cabeza para apartarlo de su campo de visión.

Alexeis se marchó. Regresó al despacho, al que estaba utilizando como base por el momento. Caminó con paso decidido hasta su escritorio y se sentó. Al menos el trabajo absorbía toda su atención su tiempo. Estaba agradecido por ello. Agarró el ratón, hizo clic en la pantalla y se concentró.

Fue a ver a Carrie otra vez a la hora de comer. Estaba tan poco receptiva como antes. No le contestó a ninguna de sus solícitas preguntas, se limitó a mirarlo con ojos inexpresivos y luego apartaba la cabeza para volver a clavar la vista en la pared. Alexeis lo comprendía. ¿Qué iba a decirle? ¿Y qué iba a decirle él a ella?

Con el rostro tenso, volvió a dejarla sola.

Carrie lo escuchó salir. No quería que estuviera allí. Quería estar sola. Quería seguir mirando la pared. Era como el muro que tenía dentro de la cabeza. El muro que la mantenía alejada del mundo. Por eso quería que la habitación estuviera en penumbra. Para que el mundo exterior fuera tan oscuro como el interior.

Pero cuando el médico llegó por la tarde, tenía otras ideas en mente.

–Lo único que necesita es reposo –le dijo–, no quedarse aquí tumbada como si estuviera en la morgue. Mañana debería salir a tomar el aire. Daré las instrucciones pertinentes. Y también le voy a recetar un tónico –aseguró–. Necesita tener los suplementos necesarios para el embarazo. Y también seguir una dieta equilibrada.

Carrie se tomó el tónico y los suplementos, comió lo que la enfermera le sirvió aunque no tenía hambre. Ni sed. Ni nada. Cuando el médico se marchó, se alegró. Alexeis salió con él, pero regresó unos minutos más tarde. Carrie lo miró. Era el rostro de un desconocido. Eso era exactamente. Lo había sido siempre.

–Estoy de acuerdo con el médico –dijo con energía–. No es bueno que te quedes todo el día tumbada en esta habitación tan oscura. Por la mañana haré que te coloquen una tumbona fuera, en la terraza. Así al menos tendrás vistas al mar.

Carrie no quería ver el mar. Quería quedarse mirando a la pared, seguir inmóvil en la semioscuridad. Quería no estar embarazada. Quería no estar allí. Quería no tener que volver a ver a Alexeis nunca más.

Tenía que marcharse. Tenía que marcharse. En cuanto pudiera.

Aquellas palabras le daban vueltas y vueltas en la cabeza.

Tras unos instantes, Alexeis volvió a marcharse una vez más.

Para instalar a Carrie en una tumbona en la terraza hicieron falta una enfermera, Alexeis y media docena de criados. Pero al fin lo consiguieron. Lo peor había sido cuando Alexeis la sacó de la cama y la llevó en brazos. Ella se había quedado completamente congelada, con todos los músculos en tensión y los ojos cerrados.

Le resultaba insoportable que Alexeis la tocara.

Casi tanto como hablar con él. Pero tenía que hacerlo. Porque Alexeis tenía la llave para su huida, y tenía que conseguir que la girara…

A Carrie no se le daban bien las palabras, lo sabía. Le resultaba difícil expresarse con ellas, encontrar lo que quería decir. Siempre le había resultado duro, y ahora era peor. Pero tenía que hacerlo. Así que se armó de valor.

Alexeis estaba sentado un poco alejado de ella, mirando al mar, cubierto, como ella misma, por el tejado de la amplia terraza. La vista resultaba espectacular. El mar estaba de un azul brillante, el sol bailaba en la espléndida piscina que quedaba una planta más abajo. El mármol blanco resplandecía.

Era precioso, pero Carrie lo observaba como a través de un gigantesco telescopio. Detrás de otro muro, de cristal esta vez, pero igual de impenetrable. Era esencial que fuera impenetrable. Absolutamente esencial.

La enfermera le había servido el desayuno en la cama, pero Carrie había comido muy poco. No tenía apetito. Los mareos habían regresado con más fuerza que antes, y la comida le resultaba imposible. Le habían dado otra dosis de suplementos y tónico que se había tragado con obediencia. Ahora le habían servido una taza de té con una rodaja de limón, pero sólo le había dado un sorbo antes de colocar la taza a un lado de la mesa.

Alexeis bebía café negro y fuerte, como siempre.

Café negro por la mañana, descafeinado por la noche. No más de tres vasos de vino por la noche. Fruta fresca de postre, a veces queso. Un litro diario de agua mineral. Cincuenta y cinco minutos diarios de ejercicio en el gimnasio del hotel, el doble los fines de semana. En Portofino nadaba un kilómetro por la mañana antes de desayunar. Se afeitaba dos veces al día y le gustaba la pasta de dientes de menta fuerte. Se duchaba, no se bañaba. No contestaba al teléfono si estaba comiendo. Prefería el pescado antes que la carne. Y además…

La letanía continuó en el interior de la cabeza de Carrie. No podía detenerla. Todas las cosas que sabía sobre Alexeis. Tantas, y apenas sabía nada. Nada en absoluto… la lista se burlaba de ella. Se burlaba con la misma ferocidad con que lo había hecho el hermano de Alexeis.

Tenía que marcharse, tenía que marcharse, marcharse…

–Alexeis.

No quería pronunciar su nombre. Le costó mucho trabajo hacerlo. Pero se forzó a ello. Al pronunciarlo, consiguió atraer su atención. Su lenguaje corporal también lo demostraba. Estaba girado hacia ella, con los ojos clavados en los suyos, esperando a que continuara. Y sin embargo, parecía como si estuviera colocado tras un cristal fino e impenetrable, muy lejos de ella. Inmensamente lejos.

Pero así había sido siempre. Sólo que Carrie no se había dado cuenta de lo lejos que estaba.

–Quiero regresar a Londres –dijo. Su voz sonó muy baja y temblorosa, pero hizo un esfuerzo por seguir hablando–. No quiero quedarme más tiempo aquí.

Alexeis guardó silencio durante unos instantes. Luego habló con tono mesurado.

–El médico dice que necesitas seguir descansando –respondió. Su voz resultaba inexpresiva, con la neutralidad que otorgaba la distancia–. Pero si lo deseas, en cuanto… en cuanto sea posible podemos regresar a Londres. Mientras tanto…

Alexeis colocó la taza de café medio vacía sobre la mesa y se puso de pie. Carrie supo que estaba impaciente por marcharse.

–Por favor, sigue el consejo del médico y haz reposo. No se puede hacer nada más. Por el momento tenemos que seguir así, aunque nos resulte difícil. Volveré a verte a la hora de comer, pero por el momento confío en que me disculpes. Tengo trabajo.

Le dedicó una sonrisa forzada y se marchó.

Carrie lo vio salir clavándose las uñas en la mano. ¡No podía soportar estar allí! ¡No podía soportarlo! Cada célula de su cuerpo le gritaba que saliera huyendo, que corriera, que escapara de allí lo más rápido y lo más lejos que pudiera. La urgencia de hacerlo se apoderó de ella.

Pero estaba atrapada allí. Atrapada en aquella villa cuyo lujo se burlaba de ella, la castigaba.

Y pensar que solía regodearse en la vida de lujo que Alexeis le había regalado…

Se había solazado en ella desde el principio.

La vergüenza y la culpabilidad se apoderaron de ella.

Carrie deslizó la mirada hacia la vista que tenía delante.

El brillante sol bailaba sobre el mar azul. Las olas rompían suavemente contra la playa en forma de media luna. Carrie miraba sin ver. No quería ver. No quería estar allí. Quería regresar a la habitación, bajar las persianas y quedarse mirando la pared. El muro que tenía en el interior de la cabeza la mantenía a salvo… pero la habían llevado allí, a la luz, el calor y el sol. Con el mundo a su alrededor. Se veía obligada a verlo, a observarlo.

Mientras miraba la imagen de la playa inmaculada, el mar azul; al sentir el aire fresco en el rostro, el sol sobre la piel, sintió como si en lo más profundo de su interior algo se estuviera rompiendo en millones de pedazos.

Rompiéndose, resquebrajándose, fracturándose.

Carrie trató de detenerlo, de impedirlo, trató de controlarlo. Lo intentó con todas sus fuerzas, desesperadamente.

Pero se desmoronaba, se venía abajo, y ella no podía hacer nada para evitarlo. Nada en absoluto.

Y entonces surgió. Fue como una ola gigantesca que no había manera de detener. Tiró abajo el muro, pasó por encima de él, y se apoderó de Carrie completamente.

Finalmente, en un acto de desesperación final, cerró los ojos. Los mantuvo cerrados y los cubrió con la mano para mantenerlo fuera. Pero allí estaba. Real. Atravesándole la retina. Y Carrie no podía hacer nada para detenerlo, nada en absoluto.

Alexeis estaba en la playa. Riéndose. Levantando en brazos a un niño. A un niño que también reía con regocijo. Y al lado de Alexeis había alguien más. Una mujer con el cabello largo y rubio, con el rostro iluminado de amor y de felicidad, estirando los brazos hacia su hijo, hacia Alexeis…

Y Alexeis la abrazaba, junto con el niño…

Carrie soltó un grito ahogado y abrió los ojos de par en par, obligándose a sí misma a clavar la vista en la playa desierta.

Allí no había nadie. Estaba igual que un instante antes. Vacía. Desnuda.

La visión se le nubló. Se le llenaron los ojos de lágrimas. Carrie giró la cabeza con pesadumbre y la hundió en la almohada. El dolor se apoderó de ella por lo que nunca, nunca, sucedería.

Se llevó la mano al abdomen. Con gesto protector. Desesperado.

Porque, ¿cómo podía poner sus esperanzas en algo que no era más que una fantasía, una fantasía irreal, tan cruel como la que le acababan de arrancarle? Una fantasía un millón de veces menos real, un millón de veces más cruel… una fantasía imposible.

Lentamente, deslizó la mano hacia el costado.

Lentamente, ladrillo a ladrillo, volvió a construir el muro, dejando fuera al resto del mundo. Dejando fuera la luz. Dejando fuera aquella esperanza cruel e imposible. Finalmente, se enfrentaba a la realidad.

Volvió a la espera.

Lo único que podía hacer era esperar… esperar a perder a su hijo. De un modo u de otro.

La agonía resultaba insoportable.

Pero tenía que soportarla.

Alexeis clavó la vista en la pantalla del ordenador. Le había dicho a Carrie que tenía que trabajar, pero sólo lo había dicho para apartarse de ella. Después de todo, eso era lo que Carrie también quería.

No podía haberlo dejado más claro. No había querido hablar con él, había girado la cabeza como un robot cuando había intentado comunicarse con ella.

Sintió una punzada de frustración. ¡Diablos, estaba haciendo todo lo que podía! Estaba tratando de apoyarla, de protegerla en una situación que ninguno de los dos deseaba de ninguna manera. Estaba dispuesto a casarse con ella, a hacer lo que debía, a hacerse responsable de la situación. ¿Qué más podía hacer?

Alexeis se levantó a regañadientes de la silla, se acercó a las puertas que daban a la terraza superior y salió a tomar el aire.

Empezaba a hacer calor. El intenso verano griego ya estaba casi encima. Alexeis se agarró a la piedra bañada por el sol de la balaustrada y miró a su alrededor sin ver.

Todo le resultaba de lo más familiar. Había pasado allí muchos veranos siendo niño mientras su padre y su madre discutían duramente sobre el niño que había destrozado su matrimonio.

Alexeis cambió el peso del cuerpo de un lado a otro. Recordar el pasado no llevaba a la felicidad. Yannis también había sufrido una infancia atormentada, gracias al padre de ambos. Yannis había sido una posesión y nada más. A diferencia de Berenice Nicolaides, la madre de Yannis no tenía ningún poder y no había podido pagar buenos y caros abogados. Así que cuando dio por terminado aquel matrimonio que no le había traído más que desgracias, le habían quitado a su hijo. Así de sencillo.

Un odio conocido se apoderó de Alexeis. ¿Poseería su padre algún rasgo que jugara a su favor?

En lo que se refería a su familia, no.

Ni a sus hijos.

La expresión de Alexeis se endureció. ¿Quién querría traer más hijos a una familia como aquélla?

Pero eso era exactamente lo que él había hecho. Accidentalmente. Sin intención. Por no tener cuidado. Daba lo mismo. Si nacía un niño, sería tan real como lo era su propio hermano.

Dentro se su cabeza volvió a escuchar la voz de su madre. «Un hombre de honor», así lo había llamado ella. Alexeis apretó los labios. ¿Un hombre de honor? ¿Lo suficiente como para estar dispuesto a casarse con una mujer a la que apenas conocía para convertir en legítimo un hijo que ninguno de los dos había buscado?

¿Eso era honor? ¿Eso era «hacer lo correcto»? Las palabras se burlaron de él.

Pero, ¿qué otra cosa podía hacer? ¡Era la única salida!

Alexeis se agarró con más fuerza a la balaustrada. Otra voz resonó en su cabeza. Una voz que trató de acallar. Una voz que no podía ser silenciada.

¿Seguro que no? ¿Seguro que no había nada más que él pudiera hacer? Podía dejar de comportarse como un playboy mimado y egoísta que se compadecía de sí mismo porque su cómoda y conocida vida de soltero estaba bajo amenaza. Podía dejar de sentirse como si fuera un santo por estar decidido a aceptar sus responsabilidades, a hacer lo que debía…

Furioso, Alexeis trató de silenciar aquella voz, pero no lo consiguió.

Disfrutaba de una existencia privilegiada con la que millones de personas ni se atrevían a soñar, y todavía se atrevía a compadecerse de sí mismo. Estaba pensando en qué más podía hacer, cuando lo tenía delante de las narices. No se trataba de hacer «lo correcto».

Sino de hacer lo que había que hacer.

Ser un padre como nunca lo había sido el suyo propio. Un padre digno de su hijo.

Sin saber de dónde, en su interior surgió una decisión que lo cubrió por entero como una marea poderosa y arrebatada. No, él no había pedido aquello. No, no había recibido la noticia con alegría. Pero era cosa del destino, y Alexeis no traicionaría a su hijo deseando que no naciera, que no hubiera sido concebido. Volvió a sentir una oleada de emoción.

Poderoso y protector. Fuerte y cariñoso.

Sería el mejor padre que pudiera ser. Su hijo estaría a salvo con él. Estaría a salvo y se sentiría querido.

«Y nunca, nunca desearé que no hayas nacido».

Miró por encima de la balaustrada, hacia la playa que quedaba debajo.

La playa en la que había jugado siendo niño.

Y donde jugaría su hijo también.

Y Carrie estaría allí, a su lado. Sería una madre cariñosa y dulce. ¿Qué importaba si no resultaba «adecuada» para convertirse en la esposa de un Nicolaides? Él no permitiría que nadie se burlara de ella o le hiciera de menos.

Alexeis apretó los labios. ¿Habría preferido dejar embarazada a Marissa? ¿O a Adrianna? Sintió al instante rechazo.

Un recuerdo lejano se abrió paso en su interior. Apenas recordaba a la madre de Yannis, había sido su niñera, y sí recordaba que era dulce y suave. Cuando se caía al suelo, ella lo recogía y lo abrazaba. Lo sentaba en su regazo y le cantaba divertidas melodías en inglés que le hacían reír.

Cuando se marchó, la echó de menos.

Carrie sería como ella, cálida y cariñosa. ¿Qué más podía necesitar un niño?

En cuanto a él…

Bueno, como madre de su hijo, no tendría queja de ella. Y como compañera de cama, tampoco tenía nada que objetar. ¿Y como esposa que permanecería a su lado durante los años venideros?

La mente se le nubló. Ya se enfrentaría a esa situación cuando llegara el momento. Hasta entonces, no le quedaba más remedio que esperar. Su futuro descansaba en una balanza que no podía controlar.

Aquella noche terminó la espera. Carrie comenzó a sangrar. Esta vez la hemorragia no se detuvo.

Alexeis estaba fuera de la habitación. Dentro se encontraban el médico, al que habían llamado de urgencia, y la enfermera, que era la que había dado la voz de alarma. Alexeis no entró. Carrie no quería que estuviera en el dormitorio, le había dicho el médico con expresión grave. Le había dicho que no había nada que él pudiera hacer. Nadie podía hacer nada.

Alexeis permaneció sentado, con el rostro sombrío, hasta que el médico volvió a salir. Tenía el semblante todavía más serio. Alexeis lo miró con ansiedad.

–Debería ir con ella –dijo tras un instante.

El médico negó con la cabeza.

–Le he dado calmantes y un sedante. Necesita dormir –frunció ligeramente el ceño–. Lo siento –dijo exhalando un profundo suspiro–. La Naturaleza tiene sus propias leyes, y a veces... –se detuvo un silencio–, a veces es mejor así.

Se marchó no sin antes asegurar que regresaría cuando su paciente se despertara.

Alexeis se quedó en el vestíbulo de la villa, completamente inmóvil. Luego, haciendo un esfuerzo, se dirigió al dormitorio de Carrie. La enfermera estaba allí. La única luz la proporcionaba una lámpara baja que tenía a su lado. Hizo amago de hablar, pero Alexeis la mandó callar con un gesto de la mano. Se acercó a mirar a Carrie.

Tenía las líneas del rostro profundamente marcadas, la frente sudorosa, el cabello revuelto. Alexeis se quedó un largo instante contemplándola. Ella no se movió, apenas se distinguía el subir y bajar de su pecho. Tenía los labios ligeramente entreabiertos.

Alexeis la miró y no supo qué sentir.

Lo único que sabía era que el equilibrio de su vida había cambiado. Y que su hijo no nacido había pagado el precio.

La culpa lo atravesó.

Tenía que haber algo que él pudiera haber hecho.

¡Algo, cualquier cosa!

Pero ahora todo había terminado.

Siguió mirando la figura inmóvil de Carrie. Una oleada de emoción lo invadió. Tras unos instantes, se marchó de allí no sin antes darle instrucciones a la enfermera para que lo avisara cuando Carrie se despertara.

El pasado había regresado a él. El futuro se había convertido en pasado.

Pero a un precio que resultaba aberrante.

Carrie se despertó de forma completamente consciente. Lo que le hubiera inyectado el médico no sirvió para bloquearle la memoria. Ni la visión.

Alexeis estaba allí. Su alta figura se recortaba contra las persianas entornadas a través de las que se filtraba la luz del sol. No dijo nada, y parecía tenso, remoto.

Un extraño.

Lo que siempre había sido.

Un desconocido que la había dejado embarazada por accidente. Un embarazo que ya no existía.

Carrie lo vio armarse de valor antes de hablar.

–Carrie –dijo con voz pesada–. Lo siento. Lo siento mucho.

Ella escuchó las palabras, dejó que quedaran colgando del aire como la mentira que eran. Alexeis no podía sentirlo, ¿cómo iba a sentirlo? ¿Cómo iba a sentir que la amante ya no estuviera embarazada? Estaba diciendo lo que se suponía que tenía que decir, igual que se había ofrecido en un arrebato de honor a casarse con ella.

Dios, debía estar dándole gracias al Cielo y a todos los santos por aquel indulto. Seguro que se consideraba un hombre de lo más afortunado.

Como si tuviera un escorpión dentro del cuerpo, aquellos pensamientos oscuros le mordían y le escocían. Pero Carrie no los convirtió en palabras. ¿Por qué habría de hacerlo? ¿Por qué tendría que volver a dirigirle la palabra a Alexeis?

Giró la cabeza para mirar una vez más hacia la pared.

–Carrie…

Le había agarrado la mano. Ella la soltó. Alexeis no trató de volver a tomársela.

–Carrie, yo… Por favor, mírame. Háblame.

Pero el odio inundaba su corazón. Y luego llegó algo muchísimo peor que el odio.

El vacío.

Durante un instante, Alexeis se quedó allí, observando aquel rostro girado. Se sintió invadido por la frustración. Quería consolarla, pero, ¿cómo?

Seguía cerrada a él.

Alexeis frunció el ceño. Lo único que Carrie le había dicho era que quería regresar a Londres. Él había dicho que sí, por supuesto, porque no deseaba ninguna confrontación con ella. Pero lo último que iba a hacer era llevarla a Londres de vuelta.

Carrie necesitaba reposo, tenía que recuperarse. Física y emocionalmente.

Se la quedó mirando. Se sentía vacío, desorientado, como si no pudiera creer lo que había sucedido, que aquello que había estado a punto de cambiar su vida para siempre ahora había desaparecido. Nunca existiría. Era la misma conmoción que experimentó cuando el médico le dijo que Carrie se había desmayado. Sintió entonces un vacío y su mente se negó a pensar.

¿Le sucedería lo mismo a ella? Sintió cómo se le caía el alma a los pies. ¡Para ella debía ser cien veces peor! Había pasado por la experiencia física de estar embarazada, de sangrar con el tormento de no saber si su bebé viviría o moriría.

Y ahora todo había terminado. Todo.

Aquella sensación de vacío volvió a apoderarse de él. Tenían que irse de allí.

El impulso resultaba imperativo, urgente.

Sardinia… Partirían hacia Sardinia. Se la llevaría allí, tal como tenía planeado antes de…

Una imagen se formó en su mente: Carrie y él, relajados en el hotel de lujo al que iba a llevarla. El aroma de los pinos, el azul de la piscina particular, la música suave sonando discretamente sólo para ellos dos… Un santuario para ambos.

Allí Carrie descansaría y se recuperaría.

Sí, eso sería lo que iba a hacer. Se la llevaría a Sardinia. Muy, muy lejos de allí. De lo que había sucedido.

El vacío interior pareció hacerse más intenso. Siguiendo un impulso, Alexeis estiró la mano, no con la intención de volver a agarrar la suya, sino para rozarle el cabello. Cuando acarició uno de sus rubios mechones, Carrie se apartó de él de un respingo y Alexeis retiró la mano con brusquedad. Volvió a sentir una oleada de frustración. Y algo más que frustración. Un sentimiento que no conseguía reconocer, no podía ponerle nombre. Quería volver a tocarla, pero se contuvo. No había nada que pudiera hacer por el momento. No podía darle ningún consuelo, ni recibirlo. Carrie necesitaba tiempo. Y eso era lo que él le iba a proporcionar. Tenía que sacarla de aquel lugar que había sido el escenario de tanta infelicidad, un nudo más en la cuerda que ataba a su familia.

Alexeis salió de la habitación tras darle instrucciones a la enfermera para que atendiera a Carrie en todo lo que necesitaba, y para que lo llamara si lo necesitaba. Regresó a su despacho para refugiarse en el olvido que le proporcionaba el trabajo. Pero seguía sintiendo aquel profundo vacío en su interior.

Capítulo 10

LE DIO a Carrie dos días para sí misma, dejándola por completo al cuidado de la enfermera y el médico, al que volvió a llamar para que le hiciera un chequeo aunque le había dicho que no resultaba necesario. El médico fue muy franco.

–No quiero infravalorar su trauma, pero no deben permitir que se hunda en la depresión. Puedo recetarle unas pastillas, pero lo mejor sería un cambio de escenario. Que vaya a algún lugar donde pueda recuperarse completamente. Tal vez no quiera, tal vez sólo desee quedarse a oscuras en ese dormitorio, suspirando por algo que nunca sucederá. Pero no es bueno para ella. Aunque llevará su tiempo, tiene que seguir adelante.

Alexeis asintió, satisfecho de que el médico respaldara lo que él mismo deseaba hacer.

–¿Cuándo estará en condiciones de viajar?

–Es joven y fuerte. Si el viaje no resulta demasiado arduo, yo diría que en cualquier momento.

Aquello era lo que deseaba oír.

–Gracias –dijo.

El médico agarró su maletín.

–Y mientras tanto, sáquela de esa habitación que parece una morgue. Necesita luz y aire puro. No haga caso de sus protestas. Será la depresión la que hable, no ella.

El médico se marchó, y Alexeis le dio al servicio las instrucciones necesarias. Le dio tiempo a Carrie para que volvieran a instalarla en la hamaca de la terraza, debajo del toldo, y luego se armó de valor para salir él mismo.

Cuando avanzó por la terraza hacia ella tuvo una profunda sensación de *déjà vu*. La última vez que la había visto allí todavía estaba embarazada.

Y ahora…

Ahora tenía que intentar que Carrie siguiera adelante, hacia un futuro muy diferente del que podría haber sido.

Llegó hasta donde ella estaba.

Seguramente lo oyó llegar, pero no cambió de postura. Estaba mirando hacia el mar. En la distancia, Alexeis distinguió una vela blanca. La emoción se apoderó de él. No hacía mucho tiempo, él también había mirado hacia el mar con una tormenta de pensamientos en la cabeza… ahora aquel futuro había desaparecido.

Alexeis estiró los hombros. Lo que tenía que arreglar ahora era el presente. Sanarlo.

Tomó asiento en una silla al lado de la mesa que habían colocado al alcance de Carrie, para que pudiera darle sorbos al tónico reconstituyente que le había recetado el médico. A Alexeis no le sorprendió que estuviera sin tocar. Carrie estaba más pálida que nunca. Más frágil que nunca.

Volvió a sentir una oleada de emoción.

–Carrie.

¿Cuántas veces había pronunciado su nombre sin conseguir nada más que ella le apartara la cara? Pero ahora, Carrie se giró hacia él.

–¿Cuándo voy a regresar a Londres? –dijo con voz pausada y calmada.

Y tan distante como si estuviera a miles de kilómetros de allí.

Alexeis frunció el ceño.

–¿Londres? –repitió.

¿Acaso Carrie creía que iba a abandonarla? ¿Que le

iba a mandar hacer las maletas? Tenía que tranquilizarla inmediatamente.

–Carrie, no vas a ir a Londres de ninguna manera –comenzó a decir–. Lo que yo propongo, y el doctor está de acuerdo conmigo, es que vayamos a algún lugar donde puedas recuperarte completamente de la terrible experiencia que has vivido. Iremos a Sardinia, como teníamos pensado. Allí podrás descansar y...

La voz se le quebró. Carrie lo estaba mirando con los ojos abiertos de par en par dentro de aquella cara que ahora parecía demasiado delgada y compungida. Su hermoso cabello estaba lacio y sin brillo. Entonces como si le hubieran encendido un interruptor, se puso bruscamente de pie, rígida pero al mismo tiempo tambaleante. Alexeis se lanzó instintivamente hacia ella y estiró los brazos para sujetarla. La agarró de los hombros para estabilizarla. La reacción de Carrie fue de lo más violenta. Lo apartó de sí con fuerza, reculando hacia la balaustrada.

–¡No me toques! ¡No puedo soportar que me toques!

Alexeis se quedó conmocionado.

–Carrie, ¿qué...?

–¡Dios, te quedas ahí sentado hablando de Sardinia como si nada hubiera ocurrido!

Alexeis alzó inmediatamente las manos para negarlo.

–¡No, no eso eso! ¡No es eso en absoluto, Carrie! Por favor, escúchame. Lo que ha ocurrido es terrible, pero...

Ella no le dejó terminar. Tenía el rostro desfigurado. Estaba embargada por la emoción, una emoción que había tratado de contener y que ahora salía a borbotones.

–¿Terrible? ¡Oh, sí, terrible! Ha sido terrible que me quedara embarazada. Terrible que tuvieras que pasar por el espantoso trago de pedirme en matrimonio. Bien, no te preocupes. Nunca hubieras tenido que pasar por ello. ¡Habría dado al niño en adopción!

–¿Qué?

Los ojos de Carrie echaban chispas.

–¿Crees que me gustaría que algún niño viviera en tu espantosa familia? ¿Crees que permitiría que mi hijo tuviera algo que ver con una familia en la que su propia abuela quería que abortara?

–¿Qué estás diciendo? ¿Qué diablos estás diciendo, Carrie?

Su rostro volvió a descomponerse.

–¡Tu madre vino a verme y me ofreció cinco millones de euros por librarme del bebé!

Alexeis palideció.

–No, eso no puedes no ser. No puede ser.

La furia se apoderó de las facciones de Carrie.

–¿Crees que estaba sorda cuando habló conmigo? ¿Cuando me advirtió de que no me casara contigo? ¿Cuando me dijo que se aseguraría de que lamentara haberme atrevido a casarme contigo?

–¿Cuándo te dijo todas esas cosas? –a Alexeis se le estaba empezando a helar la sangre. En su cabeza volvió a escuchar las palabras de su madre, tan aparentemente inocuas, tan entregadas: «Siempre cuidaré de tus intereses... Todo lo que hago lo hago por ti».

–¿Cuándo? Cuando vino a hacerme una visita. Hizo el esfuerzo de hablar con la mujerzuela que su adorado hijo había instalado en la misma casa de la playa en la que su padre había metido a su amante. La mujerzuela que su hijito había escogido con el único propósito de demostrarle a su madre el tipo de mujeres que prefería, para que desistiera en sus intentos de verlo casado.

El rostro de Alexeis era una máscara. ¿Cómo diablos había llegado Carrie a aquellas conclusiones? Tenía los ojos encendidos por la furia.

–¡Y yo no tenía ni idea, ni la más remota idea! Pero, ¿cómo iba a tenerla? No soy más que una estúpida y torpe amante a la que tu desagradable hermano ha tenido que explicarle todo con todo lujo de detalles para que mi única neurona pudiera comprenderlo.

Alexeis dio una sacudida.

–¿Yannis? ¿Yannis te ha contado todas esas cosas?

–¡Sí, Yannis?

–¿Cuándo? ¿Cuándo ha hablado contigo? –la voz de Alexeis estaba cargada de ira.

–¡Esa mañana… la mañana que me desmayé!

El rostro de Alexeis se oscureció. Así que aquella maldita vela blanca que había visto se alejaba de la playa después de que Yannis hubiera hecho todo el daño posible…

Carrie seguía escupiendo su veneno.

–Apareció la mañana siguiente a que me lucieras como a una estúpida en la cena de tu madre. Y me lo contó todo. Me contó cómo habías ido en busca de una amante para meterla en tu cama. Y me habló de tu espantosa familia.

Alexeis soltó una palabrota.

–¡Dios, lo que Yannis diga tiene menos valor que el aire que necesita para hablar! ¿Cómo puedes prestarle la más mínima atención?

–¡Porque lo que dijo era cierto, por eso! Permití que me recogieras de la calle, y esa misma noche estaba metida en tu cama. Y permití que me compraras ropa cara, me llevaras a hoteles fastuosos y me colgaras diamantes. Soy exactamente lo que tu hermano dijo que era: una mujerzuela estúpida y sin cerebro, una mujer florero. Y he sido lo suficientemente estúpida como para encontrar glamuroso, excitante y romántico lo que no era más que una situación sórdida y barata. Tener relaciones sexuales contigo porque venían unidas a ropa de diseño, yates, champán y viajes en jet privados y…

Alexeis movió la mano por el aire para negar todo lo que ella estaba soltando.

–¡No ha sido así! –había ira en su voz. Y rechazo absoluto.

–¡Ha sido exactamente así! –la voz de Carrie se quebró cuando le gritó. Lo miró con tirantez–. Siempre supe que no podía relacionarme con la gente que tú conoces. No sé nada de arte, ni de política, ni de teatro, ópera o literatura. Sí, ya sé que no soy una gran conversadora, y que no hablo idiomas, pero nunca pensé que… nunca pensé que me veías como a una mujerzuela.

Carrie aspiró con fuerza el aire, un aire que le cortó los pulmones.

–Lo que demuestra lo increíblemente estúpida que soy.

Alexeis dejó escapar un suspiro que también le cortó como una cuchilla.

Tenía que conseguir de alguna manera que… que…

¿Qué? ¿Qué tenía que hacer? Sintió un escalofrío en la espina dorsal.

El mundo acababa de estallarle en la cara.

Buscó desesperadamente las palabras que necesitaba.

–Carrie, yo nunca te he visto de esa manera. ¡Nunca! Tienes que creerme. ¡Tienes que hacerlo! Sí, admito que llevándote de pareja a la cena de mi madre vi la oportunidad de evitar que siguiera buscándome novia. Pero pensé que…

La voz se le fue quebrando, y se dio cuenta de que no quería mirarla a los ojos.

–Pensé que no te darías cuenta de que había un… un plan oculto. Sabía que no volverías a ver a esa gente nunca más, así qué, ¿qué importaba lo que pensaran de ti?

Carrie guardó silencio durante un instante, y luego,

con una calma que cortaba el aire como un bisturí, dijo:

–Y tampoco importaba lo que tú pensaras de mí, ¿verdad? O quién era yo. Porque era justo lo que tú querías. Una mujer bonita, impresionable y deseosa de meterse en tu cama.

–Carrie, el hecho de que no seas una intelectual no significa que… –Alexeis se paró en seco–. Mira, no te rebajes –volvió a detenerse. Lo que iba a decir, resultaba imposible de expresar. Pero había algo que tenía que decir, por muy desagradable que fuera.

–No quería que te dieras cuenta de por qué te llevé a aquella cena –dijo crudamente–. Se suponía que… –Alexeis aspiró con fuerza el aire–, que no tenías que darte cuenta de nada.

–¿Porque soy una mujerzuela sin cerebro? –Carrie no parpadeó.

–Carrie, por favor…

–Pero si tienes razón. Eso es exactamente lo que soy.

Alexeis volvió a cortar el aire con la mano.

–¡No! No permitiré que hables así de ti misma. Me ha encantado enseñarte una parte del mundo que nunca habías experimentado. Me gustaba ver cómo disfrutabas bebiendo champán y volando en primera clase. Me entusiasmaba mimarte y comprarte ropa bonita para que lucieras todavía más hermosa de lo que ya eres.

–¿Y todo eso lo hiciste por tu buen corazón? ¿Si yo hubiera sido fea como un zapato viejo, me habrías mimado de todas maneras? ¿Me hubieras llevado en primera clase y me hubieras colgado diamantes del cuello? –Carrie sacudió la cabeza–. No, lo hiciste porque querías acostarte conmigo. Eso es lo que tú sacabas de esto mientras yo me bebía el champán. Eso es lo que me convierte en una mujerzuela. La estupidez no es un delito, pero lo que yo he hecho sí. Me tapé los ojos para no ver lo que estaba haciendo porque no quería verlo así. Quería ver sólo el romance, no la realidad.

Una expresión sombría le cruzó de pronto el rostro.

–Me engañé a mí misma diciéndome que yo no era como la tonta de Madame Butterfly. Pero eso es lo que he sido todo el rato, una geisha. Nada más que eso –su voz volvió a sonar monótona–. Pero al menos yo me libré de su destino, me libré de darle un hijo a un hombre para el que no necesito nada.

Carrie se llevó la mano de manera inconsciente al abdomen. Luego la dejó caer hacia un lado. Ya no había nada que proteger.

Lo único que le quedaba por hacer era marcharse.

La luz del sol la rodeaba, atacándola.

Se sentía vacía. Completamente vacía.

Entonces habló Alexeis.

–Lo arreglaré todo para que regreses mañana a Londres –aseguró con voz seca.

No volvió a verla antes de que se marchara. Con la vista clavada en la pantalla del ordenador, se dijo a sí mismo que era por su propio bien. Pero sabía que no era cierto.

Trabajó hasta tarde, concentrándose con fuerza en los asuntos de negocios, que no eran pocos. Se aseguró de que así fuera. Trabajó sin parar, viviendo a base de café cargado y bandejas de comida, hasta que le picaron los ojos por estar delante de la pantalla y alrededor del mundo ya no quedaba nadie con quien poder celebrar una videoconferencia. Sólo entonces se vio obligado a salir del despacho.

La villa parecía muy silenciosa ahora que Carrie se había marchado.

El vacío resultaba aterrador.

Alexeis se acercó a la terraza, que se abría a una gran zona pavimentada, lo suficientemente grande como para colocar en ella una mesa gigantesca por si su madre deseaba cenar al fresco, bajo las estrellas. Pero ella solía preferir cenar dentro, como sucedió la noche que él llevó a Carrie a la villa.

Alexeis se detuvo en seco.

Dibujó en su mente la mesa llena de gente, los invitados de su madre, y su madre a la cabeza. Anastasia Savarkos estaba a su derecha, con aquel aspecto austeramente elegante y su maquillaje sutil. Su imagen contrastaba completamente con la joven que estaba sentada a su lado.

Volvió a ver la tentadora curva de los senos de Carrie sobresaliendo por el escote del vestido, sus hombros desnudos y su espalda expuesta, su largo y rubio cabello flotando seductoramente y los ojos muy maquillados. Estaba sentada a su lado sin decir nada, porque no tenía nada que decir, porque todo el mundo a su alrededor hablaba griego y nadie quería hablar con ella, ni darse por enterado de su existencia.

Alexeis apretó las mandíbulas y se giró para dirigirse a las escaleras que llevaban a la terraza del piso inferior.

¡Se suponía que Carrie no debía saber por qué la había llevado allí!

Se suponía que no debía saber que él quería que pareciera la clase de mujer que mantenía a un hombre alejado del matrimonio, cuya función en la vida se limitaba a calentar la cama de ese hombre y proporcionarle placer sexual.

«¡Me luciste como si fuera una mujerzuela!»

Aquellas palabras, tan duras y brutales, surgieron en su memoria.

Alexeis experimentó una sensación que le resultaba completamente desconocida. Se trataba de algo que no había sentido nunca. Algo a lo que no supo ponerle nombre durante un largo instante. Y luego ese nombre surgió en su mente, atravesándole como un cuchillo.

Vergüenza.

Sentía vergüenza por lo que había hecho.

La había hecho parecer exactamente lo que ella había dicho. Y deliberadamente.

La había utilizado sin pensárselo dos veces para conseguir sus propios fines.

Diciéndose a sí mismo que ella nunca lo averiguaría, así que no importaba que lo hiciera.

La noche cayó sobre él cuando salió a la oscura terraza del piso inferior. Lo único que atravesaba la oscuridad eran las luces de la piscina.

Alexeis se había dicho a sí mismo que, como nunca conocería a la gente que estaba allí, no importaba lo que pensaran de ella.

Las palabras que Carrie le había arrojado regresaron a él.

«Y lo que tú pensabas de mí tampoco importaba, ¿verdad? Ni lo que yo era. Porque era exactamente lo que tú querías. Atractiva, impresionable y dispuesta a meterme en la cama contigo».

¡Pero él nunca la había considerado una mujerzuela, ni una fresca! Aquellas viles palabras no eran suyas, sino de Yannis, que había querido envenenar la mente de Carrie. ¿Y en qué diablos estaba pensando su hermanastro para abordar a Carrie de aquella manera, buscando problemas donde no los había al dirigirse a ella de una manera tan ofensiva?

¡Alexeis nunca había pensando en ella aquellos términos, nunca!

Su expresión cambió. Podía liberarse de aquel cargo. En ese sentido tenía la conciencia tranquila. Tal vez Yannis considerara a las mujeres de aquel modo, pero él nunca lo había hecho. Y menos con Carrie.

Pero en su cabeza resonaban más palabras, palabras que le hacían sentirse incómodo.

Así que Carrie era bonita, impresionable, y estaba dispuesta a meterse en la cama con él. ¿Eso era todo? ¿Aquello suponía la suma total de sus encantos para él?

Surgieron más recuerdos. Recuerdos que representaban un sentimiento distinto. Un sentimiento que resultaba aún más peligroso.

Los ojos de Carrie abiertos de par en par cuando entraba en lugares con los que jamás había soñado pisar. Emocionándose por llevar un vestido de noche maravilloso, por beber champán. Disfrutando como una niña en una juguetería.

¿Eso había supuesto convertirla en una mujerzuela? ¿En una mujer que intercambiaba sexo por lujos?

Alexeis volvió a revolverse contra aquella acusación.

¡Él nunca lo había visto así! El dinero no había tenido nunca nada que ver en aquel asunto. Y Carrie nunca le pidió nada, nunca trató de seducirle con algún fin. Alexeis no había sentido ni una sola vez que la estuviera recompensando por mantener relaciones sexuales con él.

Y en cuanto a que si no la hubiera encontrado sexualmente deseable no la hubiera cubierto de lujos... Bueno, si no la hubiera encontrado sexualmente deseable, no se habría interesado por ella en ningún momento y punto. ¿Qué tenía de malo desearla? La deseó y se la llevó con él. Carrie había compartido su lujoso estilo de vida porque ése era el estilo de vida natural para él.

Alexeis observó sin mirar por encima de las terrazas y los jardines. El aire estaba cargado con el sonido de las cigarras y el aroma de las flores, y el ruido de las olas rompiendo en la orilla. Lujo y belleza.

¿Así habían sido las cosas con Carrie? ¿Ella aportaba la belleza y él el lujo? ¿Era ésa la razón por la que se había quedado con él?

Alexeis se puso tenso. Una certeza absoluta se apoderó de él.

No. Categóricamente no. Sin dudas, sin vacilación. Ninguna. Estaba convencido de que si ambos hubieran ido vestidos con harapos y vivieran en una chabola, Carrie se habría arrojado igual a sus brazos, hubiera temblado de deseo mientras él acariciaba su cuerpo de seda.

Una profunda emoción lo atravesó.

Una emoción poderosa y punzante.

Insoportable.

Rasgándole la mente con el filo del recuerdo Carrie estaba abrazada a él, una vez consumada la pasión, y Alexeis le acariciaba suavemente el cabello. La respiración de Carrie le calentaba el torso desnudo mientras descansaba tras el torbellino de la carne.

La calma tras el clímax de los sentidos.

Carrie…

Su nombre resonando en el interior de su cabeza, eso era todo. Todo lo que le quedaba de ella.

–¿La echas de menos?

La voz surgió de ninguna parte, de la oscuridad que había al otro extremo de la terraza. Una voz familiar, una voz que Alexeis no deseaba escuchar. Nunca quería hacerlo, y ahora menos que nunca. Yannis salió de la oscuridad. Su voz resultaba irritante.

–¿Qué diablos estás haciendo aquí? –la voz de Alexeis sonó tensa, exigente. Estaba experimentando una nueva emoción, alimentada por una corriente de adrenalina que había surgido en el momento en que escuchó la voz de su hermano. Una emoción que le tensaba todos los músculos del cuerpo.

–No me digas que estoy invadiendo una propiedad

privada –dijo Yannis con sarcasmo–. ¿Vas a llamar a seguridad para que me echen? ¿Quieres que vuelva a mi humilde cabaña del bosque? Y pensar que yo creía que necesitarías compañía, teniendo en cuenta que esta noche estás solo. Lamento que te veas así… aunque sólo sea por la novedad de verte con una amante de carne y hueso –los ojos de Yannis brillaron en la oscuridad–. Es una pena que la hayas despedido. Yo habría estado encantado de quitártela de las manos. Tus sobras no suelen llamarme la atención, pero con ésta habría hecho una excepción. ¡Era una auténtica perita en dulce! Me la habría comido a lengüetazos sin ningún problema.

La tensión de los músculos de Alexeis llegó al máximo. Su puño impactó contra la mandíbula de Yannis, lanzándolo contra la balaustrada.

–Pero, ¿qué demonios…?

Yannis se llevó la mano a la mandíbula. Se incorporó mientras se frotaba el golpe.

–Vaya, vaya –dijo despacio. Había algo diferente en su voz–. ¿Es esto posible? ¿Alexeis Nicolaides, que dispone de las mujeres como si fueran pañuelos de papel, defendiendo el honor de una doncella? Dime, ¿qué tiene esa mujer ardiente para que tengas que defenderla?

Alexeis dio un paso adelante y agarró el hombro de Yannis con mano de acero. Su rostro estaba desfigurado por la ira.

–No quiero que tu sucia boca hable de ella, Yannis. ¡Ya has hecho suficiente daño hasta ahora! ¿A qué diablos estabas jugando cuando le dijiste toda aquella basura?

Los ojos de Yannis se clavaron en los de su hermano.

–¿Basura? ¡No era más que la verdad! La trajiste aquí para acabar con los planes que la bruja tenía para ti y para Anastasia Savarkos... ¿te vas a atrever a negarlo?

–¡Ella no tenía por qué saberlo! –le espetó Alexeis.

La ira se iba apoderando de él, alimentada por la adrenalina que surgía por su cansado y tenso cuerpo. Tenía ganas de volver a darle un puñetazo, quería pulverizarlo por lo que le había dicho a Carrie. No era digno ni de pronunciar su nombre, y mucho menos de soltar aquellas palabras sucias sobre ella.

Su hermano soltó una especie de carcajada seca.

–¡Oh, no, es mucho mejor que ella sepa cuál es su papel! Una vez hecho el trabajo, hasta luego, preciosa. Gracias por tanto sexo ardiente, pero estoy seguro de que he hecho que valga la pena con mis regalos mientras...

Alexeis trató de volver a darle un puñetazo.

Pero esta vez, Yannis alzó la mano y detuvo su puño. Durante un instante, ambos hombres se quedaron en silencio midiendo sus fuerzas y observándose con animadversión. Finalmente, Alexeis dejó caer bruscamente el puño y dio un paso atrás.

–Vuelve a decir una palabra, una sola palabra sobre ella –los ojos de Alexeis brillaban como ascuas–, y te daré una paliza que te dejará hecho pedacitos –aspiró con fuerza el aire–. Carrie estaba embarazada. Yo no lo sabía. Ni ella tampoco. Se desmayó justo después de que tú le arrojaras toda aquella basura encima. Perdió el bebé hace tres tías.

Se hizo un silencio absoluto. Lo único que se escuchaba era el romper de las olas en la playa y el canto de las cigarras.

Luego Yannis volvió a hablar. Su voz era ahora distinta.

–Oh, diablos –fue todo lo que dijo.

–Ha vuelto a casa porque ella ha querido –continuó Alexeis–. Ya no quería seguir conmigo después de... todo.

Alexeis dejó que la última palabra se definiera por sí misma. No quería pronunciarla. Su hermano ya había hecho un buen trabajo en ese sentido.

Giró la cabeza y volvió a mirar al mar. Era algo que había hecho mucho durante aquellos últimos y espantosos días. Girar la cabeza. Mirar hacia otro lado.

–¿Qué puedo decirte? –preguntó Yannis con una voz que Alexeis no relacionó en absoluto con su hermano–. ¿Te digo que es algo muy duro? ¿Te digo que si quieres emborracharte con alguien, yo soy tu hombre? ¿O te digo –la voz volvió a cambiarle de nuevo, resultaba otra vez estridente–, que podría haber sido peor? Podría haber seguido embarazada.

Alexeis lo miró. El presente y el pasado volvían a coincidir.

–¿Igual que le sucedió a tu madre?

–Lo has pillado a la primera –aseguró Yannis. Volvía a arrastrar las palabras–. Si hubiera abortado la habrían echado a la calle aquel mismo día y hubiera podido llevar una vida normal. Pero así las cosas, tuvo que casarse con nuestro querido padre. Después de haber sido para él únicamente una fuente cómoda de sexo, la amante, como todo el mundo sabía, se vio de pronto convertida en la segunda esposa de Arístides Nicolaides.

Tenía los ojos clavados en Alexeis, afilados como púas. Alexeis sintió deseos de volver a darle un puñetazo, aunque esta vez no estuviera justificado. Pero se limitó a decir, con voz áspera como un papel de lija:

–Bueno, en ese sentido la historia no iba a repetirse. Carrie me dijo que no tenía ninguna intención de casarse conmigo, y que iba a entregar al niño en adopción.

Algo cambió en los ojos azules de Yannis. Soltó un suave silbido.

–¿Y eso por qué?

Alexeis apretó los labios.

–Gracias a ti –respondió con brutalidad–. Gracias a la charla tan ilustrativa que tuvisteis en la playa.

Yannis alzó las manos.

–¡Oye, no trates de echarme a mí la culpa! Yo le abrí los ojos, eso es todo. Le dije lo que había. ¡Debería estarme agradecida! –en su voz había un tono amargo y agresivo.

–Por extraño que parezca –gruñó Alexeis–, no es precisamente gratitud el sentimiento que le despiertas, hermano. Ni a mi tampoco.

Yannis se frotó la mandíbula con gesto pensativo.

–Sí, ya me he dado cuenta. Así que tal vez, «hermano» –dijo recalcando la palabra–, esto sí me lo agradezcas. Dime, ¿esa zorra presuntuosa con la que salías el año pasado en Milán, con el temperamento de un hurón, y esa otra de Londres, la morena delgaducha de labios carnosos y el trasero plano...? –Yannis se detuvo.

–¿Sí? –preguntó Alexeis con impaciencia. ¿Por qué diablos sacaba Yannis a relucir a Adrianna y a Marissa?

–Estoy esperando –dijo Yannis.

–¿Estás qué? –su hermano frunció el ceño.

–Estoy esperando –repitió Yannis sosteniéndole la mirada–, a que me pegues.

–¿Pegarte? ¿Por qué?

–¿Qué las hace a ellas distintas? –continuó Yannis sin apartar nunca los ojos de los de su hermano–. ¿En qué se diferencian de la amante rubia que trajiste aquí?

Entonces Alexeis le pegó.

–¡Te dije que no volvieras a pronunciar el nombre de Carrie! –le espetó.

Su hermano reculó exageradamente, frotándose la mandíbula con gesto lento y deliberado. Sonrió antes de hablar.

–Justo lo que yo pensaba. He hablado mal de dos mujeres con las que te acostabas, y ni siquiera te has dado cuenta. Pero en cuando he dicho una palabra sobre Carrie, me has pegado casi antes incluso de que pronunciara su nombre.

Yannis dio otro paso hacia atrás sin dejar de frotarse la mandíbula golpeada.

–Será mejor que me vaya antes de que me vuelvas a dar. Pero piensa en ello, ¿de acuerdo? Y cuando lo hayas hecho, haz algo al respecto –Yannis se giró para marcharse, pero se detuvo antes de irse–. Tal vez seamos una familia infernal, pero no tenemos que seguir así siempre. Piensa en ello, ¿de acuerdo?

Y entonces se marchó, regresó a la oscuridad de la que había surgido.

Dejó a Alexeis atrás con el corazón acelerado, los nudillos doloridos y la cabeza hecha un lío, dándole vueltas a cosas en las que no quería pensar.

Sentimientos que no quería experimentar.

Capítulo 11

CARRIE se estiró, contenta de despertar de aquel sueño pesado y húmedo. Lo que le despertó fue el tráfico. El ruido de los autobuses en la concurrida calle de Paddington a aquella temprana hora de la mañana. Había perdido la costumbre. Y también la de dormir y comer en una única habitación en la que el espantoso papel de pared se estaba cayendo de las paredes.

Se había acostumbrado al lujo.

Carrie sintió una oleada de vergüenza.

Que se añadió a la montaña de vergüenza que ya sentía. Vergüenza por lo que había hecho, por lo que había sido, y que había estallado aquella horrible mañana. Parecía como si hubiera surgido de lo más profundo de su interior, desde donde habría estado filtrándose días tras día cuando estaba tumbada en aquel dormitorio de la villa esperando a que aquella frágil vida que crecía en su interior se agarrara a la existencia.

O se convirtiera en el sacrificio para que ella se liberara del hombre que había dejado embarazada a su amante y estaba armándose de valor para casarse con ella.

Bueno, el sacrificio se había consumado y Carrie quedaba libre. Pero el precio pagado se le había clavado con culpabilidad en la cabeza y sabía que nunca, nunca, se libraría de ella.

Pero si el bebé hubiera sobrevivido, lo único que

podría haberle ofrecido era vivir con otra familia y que su propia madre no cuidara de él.

La culpa la atravesó por todos lados. Culpa por haber sido cómplice en lo que sabía que era para Alexeis y sin embargo negaba con fiereza. Culpa por haberse quedado embarazada, por haber perdido al niño y por haberlo perdido a él. Culpa por pensar que era mejor para aquel niño no haber nacido nunca.

Pero con la culpa y la vergüenza también aparecían los recuerdos que se colgaban a su mente como tentáculos, persiguiéndola con imágenes a las que no podía resistirse. Cientos, miles de recuerdos que eran como fantasmas traicioneros de los que deseaba librarse, pero no podía. Llegaban una y otra vez, atormentándola y agarrándose a ella... Alexeis mirándola, con aquellos ojos enormes y de rizadas pestañas deslizándose sobre ella, derritiéndola y dejándola sin fuerzas. Alexeis yendo en busca de ella, deslizando las manos con gesto posesivo por su cintura, susurrándole en voz baja, acariciando la caída de su cabello después de la pasión. Alexeis acurrucado entre sus brazos, con el rostro descansado, mientras ella observaba maravillada la perfección de sus facciones. Alexeis, siempre Alexeis.

Imagen tras imagen. Recuerdo tras recuerdo. De día y de noche, pero especialmente la atormentaban por las noches. En sueños. Su mente quería olvidar, pero sus sueños no se lo permitían.

Habían transcurrido tres noches desde que regresó a Londres, y en todas y cada una de ellas había tenido aquellos sueños. Sueños que la avergonzaban. Que tiraban con fuerza del nudo de culpabilidad que tenía puesto al cuello. Un nudo que le recordaba lo bajo que había caído.

¿Cómo podía tener todavía sueños así, recuerdos así? ¿Cómo era posible?

Y lo peor de todo era darse cuenta de que si los sueños desaparecían, en su lugar sólo habría vacío.

Un vacío que la aterrorizaba. Un vacío que le despertaba deseos de llorar, de gritar, de clamar a los cielos, al destino, a la Naturaleza, a quien tuviera la culpa de lo que había sucedido dentro de su vientre. Carrie escuchaba una y otra vez las palabras del médico hablando con tono compasivo:

«Es la Naturaleza, querida… Algo no iba bien… Es mejor que haya sucedido ahora».

Y lo peor de todo era aquel miedo helado y paralizante que sentía en su interior.

Aquél era su castigo.

No merecía a su bebé porque lo había concebido con aquel hombre, y de aquel modo. Por eso se lo habían arrebatado.

El peso de aquella culpa la aplastó.

Y sin embargo, sabía que tenía que aceptar lo que había sucedido.

No quedaba alternativa. Su bebé ya no estaba. Alexeis tampoco estaba. Lo del niño le provocaría tristeza siempre, era consciente de ello. Pero en cuando a Alexeis… oh, de eso sólo podía estar agradecida. Debía estarlo.

¿Qué otra cosa podía hacer más que alegrarse? Alegrarse de que haber abierto los ojos a la verdad.

Pero no sentía ninguna alegría.

Carrie se armó de valor. Lo que ella sintiera o dejara de sentir no importaba. Tenía que seguir adelante con su vida. Tendría que volver a vivir al día, pero se enfrentaba encantada a aquella dura realidad. Eso le ocupaba el tiempo, la energía y la mente. Y cada día que transcurría, el pasado iba quedando más lejos.

Al menos todavía tenía su habitación, por muy miserable que fuera. Había pagado el alquiler por adelantado, antes de salir corriendo de Londres en aquella maravillosa escapada, y volvió a pagarlo cuando estaba con Alexeis en América. Pero enseguida vencía el siguiente pago, y a menos que quisiera verse en las calles, tendría que conseguir el dinero para pagar.

Había acudido a la agencia de trabajo el día después de llegar a Londres sin arrepentirse ni un instante de no haber cobrado el cheque que le habían entregado junto al billete de avión.

Para que vayas tirando, escribió Alexeis. Pero Carrie no lo había aceptado. Lo rompió en pedazos. Ya había vivido lo suficiente de Alexeis… se había ganado el sustento en la cama. Ahora se lo ganaría de manera honrada. ¿Y qué si el trabajo resultaba aburrido, tedioso y mal pagado? Era un trabajo digno, y no tendría que durarle para siempre. Bastaría con que llegara hasta el final del verano, eso era todo. Ése era su horizonte. Su futuro. Para entonces, ya habría superado lo de Alexeis. No sería más que un recuerdo desagradable. Y para entonces, habría dejado de tener aquellos sueños…

Pero hasta entonces, era recepcionista durante el día y una vez más, camarera por las noches. Eran trabajos aburridos, y resultaba agotador trabajar de la mañana a la noche, pero no tenía alternativa.

Al menos el trabajo, por muy cansado y aburrido que fuera, la mantenía ocupada. Pero el verano londinense se burlaba de ella mostrando sus cielos azules y un cálido sol aprisionado en una ciudad que también aprisionaba a Carrie entre la multitud, el ruido, la polución y el tráfico.

Una terraza blanca como la nieve que brillaba bajo un sol ardiente, el mar azul…

Carrie borró aquella imagen. Aquel recuerdo conjuraba otros que ocupaban su lugar. El dormitorio de la casa de la playa… el tocador de una prostituta. Pero hubo otro recuerdo que ocupó el lugar de aquéllos.

Otro lugar en el que había tratado de no pensar nunca desde hacía bastante tiempo. Una calle tranquila flanqueada por árboles con grandes casas victorianas y espaciosos jardines, detrás de las que había un bosque atravesado por un río que también cruzaba la ciudad. Un lugar amado.

Carrie sintió una punzada de dolor. Y todavía más culpabilidad.

¿Era ésa la razón por la que había estado tan dispuesta a dejarse arrastrar? ¿No sólo por el glamur y el romance, como había querido pensar, sino porque así arrancaba de su mente toda sensación de dolor y pérdida?

El rostro de Carrie volvió a endurecerse. Aunque así fuera, seguía sin tener excusa. Pero tenía que aceptar lo que había ocurrido y seguir adelante. Pasito a pasito. Aquel dolor no duraría para siempre. Probablemente, a finales de verano lo habría superado.

El final llegó más pronto de lo que Carrie se hubiera atrevido a imaginar.

Cuando estaba a punto de salir por la puerta para dirigirse al trabajo una mañana, vio un sobre en el buzón. Al ver el remite se le aceleró el corazón, y entonces lo abrió muy despacio, como si temiera lo que pudiera encontrarse. ¿Por qué ahora, cuando no esperaba una carta semejante? Sólo podía tratarse de malas noticias, sin duda. Desdobló el primer papel.

Mi querida Carrie:

Estoy absolutamente encantado de decirte que he recibido la más inesperada y maravillosa de las noticias...

Las palabras bailaron delante de sus ojos mientras devoraba el resto del contenido de la carta. Luego subió otra vez a su habitación, telefoneó a la agencia para decir que se despedía, recogió sus cosas y se dirigió a la estación de tren.

Regresaba a casa.

Alexeis estaba en Suiza persiguiendo a su madre. No quería hacerlo, pero sabía que no tenía elección. Tenía que enfrentarse a ella por lo que había hecho. Todavía podía sentir el frío recorriéndole la espina dorsal, la furia ciega que le nublaba la visión cuando pensaba en la acusación de Carrie.

¿Cómo podía haber hecho su madre algo así? ¿Cómo podía ser tan monstruosa como para intentar pagar a Carrie para que abortara? Dios, sabía que era una neurótica obsesionada, pero de ahí a buscar activamente el fin del embarazo de Carrie…

Alexeis agarró con más fuerza el volante entre las manos y apretó el acelerador, serpenteando a gran velocidad por las ventosas carreteras alpinas. Conducir aquel coche tan poderoso lo ayudaba a liberar algo de tensión. A concentrarse en otra cosa que no fuera aquella misión. Una misión que no quería llevar a cabo, pero no tenía más remedio. Su madre no podía irse de aquella manera después de lo que había hecho.

Apretó con más fuerza el volante. Entre los dos, su madre y su hermano, habían masticado a Carrie y la habían escupido. Qué ironía, pensó Alexeis. Dos personas que se odiaban la una a la otra habían conseguido herir a Carrie desde dos flancos diferentes, arrojando su bilis sobre ella.

Pero había sido él quien lo hizo posible. Él quien les arrojó a Carrie, quien les dio las armas para que pudieran atacarla. Si no la hubiera utilizado del modo en que lo hizo aquella noche, Yannis no habría tenido argumentos para insultarla como lo hizo.

Y con su madre sucedía lo mismo. Alexeis sintió un escalofrío. Si no hubiera dejado meridianamente claro que iba a hacer lo correcto casándose con una mujer con la que no quería casarse, su madre no habría pensado en protegerlo de semejante destino…

La culpa y la ira se enredaron en él como si fueran serpientes.

Seguían asfixiándole cuando llegó a la lujosa clínica situada en lo alto de la montaña, entre pinares y con unas maravillosas vistas hacia el valle que había debajo. Dio su nombre en recepción y lo condujeron a la suite de su madre con todas las deferencias que su riqueza le aseguraba.

Berenice estaba sentada fuera en el balcón, leyendo. Pero cuando él entró, bajó inmediatamente el libro y le clavó los ojos en el rostro con expresión escrutadora y tensión en las facciones.

Alexeis no le dejó tiempo para que pudiera decir nada.

–Carrie ha perdido el bebé.

La expresión de su madre cambió. Alexeis no estaba seguro de qué pensaba, pero tampoco le importaba.

–Lo siento –dijo ella–. Lo siento mucho.

Alexeis sintió una oleada de ira. Su madre estaría contenta ahora, contenta por creer que se había ahorrado cinco millones de euros. Y más contenta todavía por pensar que su adorado hijo se había salvado del horrible destino de tener que casarse con una mujer a la que había dejado embarazada.

–Ahora puedes regocijarte –dijo con tono áspero y cruel.

Clavó sus ojos en ella, y el rostro de su madre palideció.

–¿Regocijarme? –preguntó, como si aquella palabra no tuviera ningún significado. Pero por supuesto que para ella lo tenía. Significaba que su querido hijo estaba a salvo. Una furia ciega le nubló los ojos.

–¡Sí, por supuesto que puedes regocijarte! –le gritó–. Has conseguido exactamente lo que querías, aquello por lo que estabas dispuesta a pagar cinco millones de euros.

El rostro de su madre reflejó conmoción, pero Alexeis no la dejó hablar.

–¿Cómo has podido hacer algo tan monstruoso? –le espetó a gritos–. Querer matar a mi hijo… ¡A tu propio nieto!, sólo porque no apruebas a su madre por no ser rica ni tener contactos, por no ser adecuada para convertirse en mi esposa. Así que trataste de sobornarla con una fortuna para que se deshiciera del niño, y la amenazaste para que no se atreviera a casarse conmigo. Siempre hablas de cuánto me quieres, pero ¿a eso lo llamas amor?

–¡Basta! ¡Basta! –la voz de Berenice sonó áspera, pero no por la ira, sino por el tono acusador–. Escúchame, Alexeis. ¡Escucha lo que tengo que decirte! Lo hice por ti. Sólo por ti –aseguró con voz de acero.

–¿Para protegerme? –el rostro de Alexeis se contorsionó.

–Sí. Para protegerte –Berenice se inclinó ligeramente hacia delante y le clavó la mirada en los ojos–. Soy tu madre, y haré cualquier cosa por salvaguardar tu felicidad. ¡Ibas a arruinarte la vida!

–¿Así que tú trataste de evitarlo?

Ella cerró los ojos un instante y aspiró con fuerza el aire antes de volver a abrirlos de nuevo.

–Tenía que averiguar por mí misma quién era esa desconocida que iba a convertirse en tu esposa –volvió a suspirar–. Por eso fui a verla. Por eso le dije lo que le dije –clavó sus ojos, que no mostraban ningún arrepentimiento, en los de Alexeis–. Por eso le hice esa obscena oferta para que se deshiciera del niño. Tenía que saberlo, Alexeis. Tenía que saber si aceptaría.

Se hizo un silencio absoluto. Entonces Berenice Nicolaides siguió hablando en voz baja.

–Eres un premio muy jugoso, Alexeis. Lo suficiente como para que valga la pena quedarse embarazada. Pero un embarazo con riesgo de aborto podría hacer que una mujer que sólo estuviera interesada en el dinero estuviera dispuesta a considerar… otras ofertas. Tenía que averiguar si ella era de esa clase de mujeres.

Berenice volvió a aspirar con fuerza el aire.

–Si hubiera aceptado mi proposición, habría movido cielo y tierra para que le arrebataras el hijo en cuanto naciera y te quedaras con su custodia. Pero ella no aceptó, y entonces supe que… que no era como yo me temía.

Berenice guardó silencio unos instantes antes de volver a hablar en voz todavía más baja.

–También supe que la compadecería en lo más profundo de mi corazón.

–No lo entiendo –dijo Alexeis muy despacio. La cabeza le daba vueltas. Todo se había dado la vuelta, todo lo que daba por sentado, toda su rabia… Todo había desaparecido.

Los ojos de su madre lo miraron fijamente.

–Alexeis, ¿por qué crees que quiero que te cases con una rica heredera? ¿Crees que es para que seas todavía más rico y así puedas enfrentarte a tu padre? Tal vez, pero ésa no es la razón. Es por el bien de ella, no por el tuyo, por lo que quiero que tu prometida sea rica.

Se detuvo un instante sin apartar los ojos de él.

–Su propio dinero le dará poder –aseguró–. Poder para tratarte como a un igual. Por la misma razón quiero que sea igual que tú en los demás aspectos. Quiero que sea guapa, bien relacionada y que se mueva en nuestro mundo. Quiero que tenga un cerebro parecido al tuyo, su propio trabajo y recursos mentales como los que tienes tú. No quiero que ni por un instante sea menos que tú en ningún aspecto. No quiero que esté jamás en riesgo de colocarse en la misma posición que cualquiera de las mujeres de tu padre, yo misma incluida. A sus ojos todas éramos inferiores, y por eso nos despreciaba, nos explotaba y luego se deshacía de nosotras cuando se cansaba.

Los ojos de Alexeis se llenaron de ira y de rechazo.

–¡Yo no soy mi padre!

–Disfrutas de muchas de sus ventajas –respondió Berenice–. Eres rico y guapo, igual que él, y tienes una mente privilegiada para los negocios. Escoges de la vida lo que deseas, sobre todo en cuestión de mujeres, Alexeis. Escoges a las que te gustan, y cuando has acabado con ellas, las dejas. Oh, desde luego escoges a las que están dispuestas a sufrir ese trato, y tal vez no merezcan otra cosa. Porque se dejan escoger debido a todas las ventajas que ofreces. Y tal vez tu actitud hacia ellas no importe cuando se trata de mujeres así, pero si una de ellas no lo es… ¿qué pasa entonces, Alexeis?

Berenice tomó aire antes de seguir.

–Por eso, cuando ella rechazó mi oferta para que abortara, supe que la compadecía por tener que casarse contigo. No le deseo semejante destino a una joven así. No serías cruel con ella, como lo sería tu padre, pero sería desgraciada de todas maneras. Lo sería durante toda su vida al saber que estaba encadenada a un hombre que no quería casarse con ella. Consciente de que lo único que tenía para ofrecer era su belleza y su reclamo sexual… un reclamo que iría desvaneciéndose a medida que envejeciera, un reclamo del que tú acabarías cansándote.

Se hizo un silencio absoluto durante unos instantes. Y luego Alexeis habló.

–Estás equivocada.

Fue todo lo que dijo, pero provocó que algo cambiara al instante en el rostro de su madre. Él la miró a los ojos.

–Estás completa y absolutamente equivocada –repitió.

–¿Ah, sí? –contestó Berenice en voz baja, aunque mirándolo con suma intensidad–. ¿Y qué vas a hacer con esta equivocación mía?

–Lo que tengo que hacer –aseguró Alexeis.

–¿Lo que tienes que hacer? –preguntó ella–. El destino te ha liberado de cualquier responsabilidad sobre ella, te ha librado de una esposa poco adecuada a la que harías desgraciada. Ya no necesitas actuar con honor.

–Te equivocas –respondió su hijo–. Tengo que hacer esto. Sin ninguna duda, tengo que hacerlo. En caso contrario –posó los ojos sobre el rostro de Berenice–, mi vida ya no tendría sentido.

Su madre se lo quedó mirando durante un largo instante. Y luego se le llenaron los ojos de lágrimas. Le apretó un dedo con fuerza con los suyos durante un momento y luego apartó la mano.

–Entonces, ve –dijo–. Ve tras ella. Y cuando la encuentres... –sus lágrimas parecían diamantes–, dale mi bendición y mi eterna gratitud. Vamos, corre.

Alexeis se inclinó para besarle la mejilla y luego se marchó.

El coche devoraba los kilómetros mientras serpenteaba montaña abajo. Alexeis conducía muy deprisa adrede. El mundo que lo rodeaba bajo en cristalino aire alpino resultaba absolutamente nítido. Toda su vida estaba nítida. Podía verlo todo con gran calidad, como a través de una lupa.

Sabía perfectamente lo que estaba haciendo.

El camino estaba ahora despejado.

Estaba maravillado, y asombrado. ¿Cómo no lo había visto? ¿Cómo era posible que hubiera estado tanto tiempo ciego? ¿Cómo podía ser que su hermano, que tenía la sensibilidad de un tronco de madera en lo que se refería a las relaciones con las mujeres, le hubiera abierto los ojos de ese modo? ¿Cómo era posible que su madre, a la que siempre creyó obsesionada por casarlo con una rica heredera como parte de su venganza contra su padre, le hubiera hecho enfrentarse a la verdad?

Una verdad que nunca había considerado, nunca se le había pasado por la cabeza.

Una verdad que, reconoció con dolor y vergüenza, se había forjado en el embarazo y trágico aborto de Carrie, en su dolor y en el rechazo que sentía por él.

Un escalofrío le atravesó el cuerpo.

Tal vez podría haber seguido eternamente sin saber qué le estaba ocurriendo. Podría haber seguido por su hedonista y placentero camino disfrutando de Carrie y nada más. Sin enfrentarse nunca a lo que estaba comenzando a ocurrir. Sin darse nunca cuenta.

Había habido destellos, señales que, si hubiera sido un poco más consciente, tal vez podría haber captado.

Señales que podrían haberle marcado el camino.

Cuando se cruzó con ella, actuó siguiendo un impulso. La recogió de la calle, algo que no había hecho nunca antes. Entonces, ¿por qué con ella? Una mujer a la que apenas había visto durante unos instantes.

Y no sólo eso: se la había llevado a sus viajes de trabajo. Algo que tampoco había hecho nunca.

Carrie era completamente distinta a todas las mujeres que había conocido. Alexeis pensó en un principio que se trataba de la novedad, pero no era así. Carrie seguía atrayéndolo con la misma intensidad de la primera noche. Una atracción que ninguna otra mujer había despertado en él.

Y lo que buscaba en ella no era sólo sexo.

Eso era lo que la hacía diferente. La deseaba a ella, no sólo a su cuerpo. Quería estar con ella. Alexeis se sintió presa de la emoción y apretó con más fuerza el volante.

Sólo quería estar con ella. Carrie le daba algo que no había conocido nunca: una paz, una tranquilidad de espíritu, un consuelo corporal. Era una mujer con la que podía sencillamente sentarse, estar con ella, tumbarse a su lado. Y eso era lo que había borrado todo lo demás, absolutamente todo.

Estaban bien juntos. Así de sencillo.

Al final, nada de lo demás le importaba. Nada. Sólo quería estar con ella.

Durante el resto de su vida.

Si Carrie lo aceptaba.

Capítulo 12

CARRIE atravesó el parque para dirigirse al otro extremo. Era maravilloso estar en casa, se dijo. Maravilloso haber regresado a la ciudad en la que había crecido, en la que siempre había vivido. Todo le resultaba familiar, como si hubiera sido ayer cuando se subió al tren con el corazón dolorido para dirigirse hacia Londres.

Parecía como si nunca se hubiera marchado.

Pero eso no era cierto, por supuesto. Le habían ocurrido cosas que la habían cambiado para siempre.

Le había ocurrido Alexeis Nicolaides.

A pesar de todos sus esfuerzos, de su alivio y su alegría por volver a estar en casa, por ser recibida por gente a la que conocía de toda la vida, por tener por delante un futuro, todavía se sentía atrapada por los recuerdos.

¿Conseguiría librarse algún día de ellos? Así tenía que ser.

Sin duda algún día dejaría de soñar, los recuerdos se borrarían y Alexeis desaparecería. Igual que la breve y frágil vida que había crecido dentro de ella. Y sin embargo, parecía casi como si cada día que pasaba los recuerdos se hicieran más fuertes, más vívidos que antes.

En ocasiones, durante un breve instante, era casi como si le estuviera viendo, como si tuviera delante aquella figura alta y conocida mirándola con aquellos ojos oscuros de largas pestañas, haciéndole temblar las rodillas y llenándola de deseo…

Y entonces aparecía aquel odio oscuro y profundo. Era a eso a lo que tenía que agarrarse. Eso era lo único que debía sentir. Aunque sería mejor no sentir nada en absoluto. Era mucho mejor zambullirse en la nueva realidad de su vida, aunque sufriera la punzada del dolor por la muerte de su padre. Su recuerdo estaba vivo en cada calle, en cada esquina.

Hacía tiempo que se había vendido la vieja casa, y aunque era una lástima, Carrie sabía que era mejor así. No podría haber vivido allí sin su padre. Era mejor acostumbrarse al alojamiento que había encontrado, sencillo pero cómodo, barato y cerca del lugar en el que necesitaba estar.

Y sí, aunque resultara doloroso vivir en Marchester sin su padre, le consolaba pensar que estaba haciendo justo lo que él quería que hiciese. Y era también lo que ella deseaba desde hacía tiempo, así que debía apreciarlo, valorarlo, disfrutarlo. Por encima de todo, tenía que enfrentarse al futuro, caminar hacia delante sin mirar atrás, hacia algo que no había sido más que un espejismo, una ilusión. Una ilusión decepcionante. Una lección que había aprendido con sangre. Ahora tenía por delante el futuro con el que siempre había soñado, y que había comenzado mucho antes de lo que había soñado posible.

Carrie apretó el paso y miró el reloj de la torre que tenía delante, situada al otro lado de la zona pavimentada del parque. Llevaba puestas unas sandalias de lona, a millones de años luz de las delicadas sandalias de piel que llevó durante un tiempo. El sencillo vestido de algodón también estaba a años luz de la ropa de diseño que hasta hacía poco la adornaba. Del hombro le colgaba un bolso grande lleno con todas las cosas que necesitaba. Llevaba el cabello recogido de manera informal en la nuca, como si nunca lo hubiera llevado suelto con mechones alborotados sobre los hombros bañados por el sol.

Bueno, ahora lo que necesitaba era ropa y calzado funcional, un bolso grande y que no le molestara el cabello sobre la cara. Una cara que ya no necesitaba más que agua y jabón.

Cualquier otra cosa hubiera resultado superflua.

¿Qué le importaba ahora a ella su aspecto? Nunca le había preocupado en exceso, porque la gente que la rodeaba no le confería importancia. Pero en Londres, su físico le había proporcionado hostilidad, vergüenza o ambas cosas. Y también las atenciones de un hombre que…

¡No! Ya estaba haciéndolo otra vez. Pensar en él, recordarle, recordar aquel falso glamur por el que había pagado tan alto precio…

Carrie cruzó la verja de hierro victoriana del parque y se detuvo en la acera esperando a que el tráfico se tranquilizara. Dirigió la mirada hacia la escalera que subía hacia el imposible edificio que había al otro lado de la concurrida explanada.

Una visión familiar que incluía siempre la figura de su padre bajándolas, con el ceño fruncido en gesto de concentración.

La tristeza se apoderó de ella. Sabía que nunca volvería a ver aquella imagen en otro lugar que no fuera su mente.

¿Estaría haciendo lo correcto al regresar a casa? Sabía que era lo que su padre habría querido, lo que ella siempre había deseado… Todo el mundo era muy amable con ella. Y sin embargo… sin embargo le resultaba más difícil de que lo pensaba estar allí, volver a agarrar las riendas de su vida.

Mientras aquellos pensamientos discurrían por su mente, aparecieron otros que despertaban imágenes vivas e intrusas. Nuevas experiencias, maravillosas y excitantes, cargadas de deseo…

¡No! Carrie apartó rápidamente de sí aquellos pensamientos. No. Alexeis Nicolaides había hecho que el sexo resultara inolvidable porque resultó ser muy buen amante. Después de todo, pensó con cinismo, tenía suficiente experiencia para serlo. Pero no bastaba con ser bueno en la cama.

En absoluto. Por muy cautivador que Alexeis resultara, Carrie no debía olvidar nunca, nunca, a lo que se había rebajado. Lo que había pensado de ella.

No podía olvidar el modo en que la había estrechado entre sus brazos, cómo la había besado con pasión. Más que con pasión, con ternura, sensibilidad y delicadeza. No podía olvidar cómo se sentía entre sus brazos. A salvo, protegida, satisfecha. En paz. Feliz… absolutamente feliz.

¡Pero lo que tenía que hacer era precisamente olvidar!

Aunque no hubiera tenido un final tan terrible, habría tenido que olvidar. Olvidarse de Alexeis, porque a la larga él se hubiera cansado y le habría dicho que se fuera. Todo habría terminado.

Los ojos de Carrie se nublaron. Sí, todo había terminado. Absoluta y completamente, más que cualquier otra aventura romántica. Había hecho explosión cuando ella se dio cuenta de la verdad… Y la tristeza de su aborto había subrayado el final en trágica culminación.

Carrie se llevó las manos al abdomen en gesto inconsciente durante un momento. Su rostro se ensombreció. En su mente se formaron unas palabras. Las más peligrosas del mundo.

¿Y si…?

No… Otra vez no. No debía permitir que su mente discurriera por aquel sendero tan peligroso. Eso le dictaba la lógica, la razón. La puerta estaba cerrada a cal y canto. Para siempre.

Conocía la respuesta correcta, sabía que no debía llamar nunca a esa puerta.

Se hizo un hueco entre el tráfico y Carrie se dispuso a cruzar la calle con decisión, dirigiéndose hacia el futuro. El único futuro que quería. El único futuro que deseaba.

Alexeis pisó el pedal y permitió que el coche acelerara por la autopista. Tenía los nervios completamente de punta. Llevaba así varios días. Le parecía que había transcurrido una eternidad desde que descendió conduciendo por aquella montaña en Suiza con todo su ser concentrado en una tarea: encontrar lo que había perdido. Ganarse lo que había apartado de sí.

Recuperar a Carrie.

Aquél era su único propósito. Su única meta.

Era algo muy sencillo, muy directo.

Excepto por una cosa. Una cosa con la que no había contado para nada.

No había sido capaz de dar con ella. ¿Cómo era posible que hubiera desaparecido así?

No se le había pasado siquiera por la cabeza semejante posibilidad. Cuando había llegado al aeropuerto de Zurich, había telefoneado a su oficina de Londres para darle instrucciones a su Relaciones Públicas para que encontrara la dirección de la habitación en la que vivía Carrie. Alexeis no tenía ni la más remota idea de dónde se ubicaba, sólo recordaba que ella mencionó que estaba en Paddington.

Pero uno de sus chóferes la había llevado aquella primera tarde desde la tienda de Knightsbridge, se había detenido en su edificio para darle tiempo a recoger su pasaporte y otros efectos personales antes de llevarla al aeropuerto de Heathrow para que se encontrara con él. Así que lo único que tenía que hacer era encontrar a ese chófer y averiguar dónde había llevado aquella tarde a Carrie.

Pero cuando Alexeis aterrizó en Londres, su Relaciones Públicas le telefoneó para decirle que el chófer en cuestión estaba de vacaciones y no había manera de comunicarse con él. Irritado, Alexeis le pidió a su Relaciones Públicas que buscara la agencia de empleo que le había buscado el trabajo de camarera en la galería. Pero le dijeron que Carrie ya no estaba en sus archivos, y que no podían dar bajo ningún concepto ningún detalle personal.

Finalmente, tras una búsqueda agotadora y difícil, consiguió dar con la habitación de Carrie, pero entonces supo por uno de sus vecinos que se había mudado.

Estaba otra vez en el punto de partida, y además había perdido dos semanas. Y peor todavía, tuvo que suspender la búsqueda de Carrie cuando se vio obligado a regresar a Grecia contra su voluntad para asistir a una reunión muy importante a la que su padre no se había molestado en acudir. Nunca antes le había irritado tanto el trabajo, ni le había parecido una pérdida de tiempo tan grande. No quería trabajar, no podía importarle menos. Sólo tenía una cosa en mente.

Encontrar a Carrie.

¿Dónde diablos se había metido?

La cuestión le quemaba, le frustraba y le destrozaba los nervios.

Su equipo de investigadores resultó menos que inútil, al parecer. Según le habían informado, había muchas personas con su mismo apellido, y no encontraron ninguna indicación ni sobre en qué parte del país podría estar, así que la búsqueda iba a resultar inevitablemente larga. Alexeis descubrió frustrado que ni siquiera sabía la fecha de su nacimiento.

¿Tenía otro nombre de pila?, le habían preguntado los investigadores a Alexeis. No que él supiera. ¿Sabía de dónde era? ¿A qué colegio había ido? ¿Sabía el nombre de algún pariente, amigo, alguien que pudiera conocerla? No, no y no. Carrie trabajaba en Londres en empleos temporales, eso era todo lo que él sabía.

Alexeis sintió un escalofrío. Carrie podía estar en cualquier lado, incluso fuera del país. Y él no tenía ni la más remota pista de dónde podría encontrarse. Nada.

Y entonces, como una chispa surgida de la nada, su mente activó un fragmento de recuerdo surgido de quién sabía dónde.

El fragmento de algo que le había preguntado a Carrie de pasada la primera noche, cuando el único propósito de su conversación había sido que se sintiera cómoda. Apenas prestó atención entonces a lo que ella decía, tenía la mente puesta en otra cosa.

Pero de un polvoriento rincón de la mente había surgido algo.

Alexeis le había preguntado que si le gustaba vivir en Londres, y la respuesta de Carrie resultó sorprendentemente negativa para ser una joven tan hermosa.

Y entonces, ¿no le había preguntado él de dónde era? Estaba seguro de que sí. Pero, ¿qué había respondido ella?

La voz de Carrie le llegó distante «Es una ciudad pequeña del centro del país».

Sí, pero ¿qué ciudad? Alexeis se concentró todo lo que pudo. ¿Había dicho Carrie el nombre? Y de ser así, ¿cuál era? ¿Con qué letra empezaba?

¡Con «M»! ¡Ésa era la primera letra!

Una sensación de triunfo se apoderó de él. De acuerdo, ya tenía algo. En cuanto aterrizó el avión, llamó a Londres. Y entonces se dirigió hasta allí.

Marchester. Ése era el nombre que Carrie había dicho. Ninguna de las otras posibilidades planteadas por los investigadores le sonaban.

¿Y si había regresado a su ciudad? Dijo que odiaba Londres. Entonces, ¿por qué no volver a casa?

Por primera vez desde hacía semanas, Alexeis se sintió de buen humor. Cuando le informaron de la ingente cantidad de personas registradas en el censo electoral y en la guía telefónica con el apellido Richards, no se desanimó. Dejó que su equipo se encargara de localizarla a ella o alguien que la conociera y se dirigió hacia allí sin dilación. La idea de encontrarla le consumía por completo. Porque sin Carrie, su vida no tendría sentido. Y a su lado, ella tendría la vida que quisiera. Si odiaba las aglomeraciones, no tendría que pasar por ellas. Si no quería asistir a fiestas en las que se hablara de arte y literatura, no irían. Si no le gustaba la ópera, Alexeis no volvería a ir a ninguna en toda su vida. Era muy sencillo. Viviría en cualquier lugar del mundo en el que Carrie quisiera vivir. Haría todo lo que ella quisiera. Tenía dinero a espuertas, y una única responsabilidad: Carrie. Podía dejar de dirigir el Grupo Nicolaides. Que su padre se volviera a encargar de él. O que contratara a un director. A Alexeis le daba lo mismo. Lo único que le importaba era Carrie.

El corazón se le encogió al pensar que si Carrie quería una docena de hijos, estaría encantado de criarlos a su lado…

Y si alguien, quien fuera, intentaba menospreciarla, hacerle sentirse inferior o insegura en cualquier aspecto, si alguien mostraba el menor signo de desaprobación… Bueno, lo lamentaría, no había más que decir.

Porque Carrie era, de lejos, lo más hermoso de su vida. Lo más preciado. Y tenía que encontrarla.

Se sintió invadido por la prisa y la desesperación. Apretó con más fuerza el acelerador.

Para cuando llegó a Marchester, sus investigadores ya le habían dado la dirección de cinco personas apellidadas Richards. Ninguna de ella era Carrie, pero podía tratarse de familiares. Alexeis redujo la velocidad y se detuvo ante el semáforo en rojo. Se estaba acercando a la zona universitaria. A su izquierda quedaba un enorme parque victoriano con verjas de hierro, y a su derecha, un edificio de estuco blanco con grandes escalones y una torre. Con las manos agarradas al volante, Alexeis esperó a que el semáforo se pusiera en verde.

Y entonces, sin ningún motivo aparente, se fijó en los peatones que estaban cruzando.

Uno de ellos era Carrie.

Carrie tenía los ojos clavados en el gigantesco edificio blanco que tenía delante y se dirigía hacia las escaleras cuando escuchó el ruido del motor de un coche que pasó a su lado rumbo al aparcamiento en que se leía: *Facultad de Ciencias Geológicas.*

Carrie se quedó mirando al coche. No parecía el vehículo propio de un profesor de geología. Y entonces, un instante después, todos los pensamientos de su cabeza se borraron.

Alexeis Nicolaides se dirigía hacia ella.

Carrie se quedó petrificada. ¿Qué otra cosa podía hacer? Todos los músculos de su cuerpo se habían paralizado. Lo único que podía hacer era mirar fijamente a Alexeis, que avanzaba hacia ella con paso decidido.

Carrie se giró entonces y echó a correr de manera ciega, instintiva. La librería de la universidad estaba justo delante de ella, y si conseguía entrar podría escapar de Alexeis. Entró, y parpadeó ante la súbita penumbra antes de intentar introducirse todavía más.

Alguien la agarró del brazo y la obligó a darse la vuelta.

–¡Carrie! –Alexeis estaba delante de ella, alto y poderoso como siempre–. He venido por ti. Te he buscado por todas partes. ¡Tengo que hablar contigo!

Ella estaba indefensa y sobrecogida. Permitió que Alexeis la llevara a una esquina vacía de la librería, que la sentara al final de una estrecha mesa de lectura rodeada de estantes con libros. El pesado bolso de Carrie repiqueteó sobre la superficie de madera. Alexeis tomó asiento en una silla frente a ella.

–Tengo que hablar contigo –aseguró con voz baja e insistente.

De alguna manera, aunque tenía la boca completamente seca, Carrie consiguió hablar.

–No hay nada que decir. Ya está todo dicho.

Alexeis movió la mano en gesto de negación.

–No. No está todo dicho en absoluto, Carrie. Queda por decir lo más importante. Me quedé tan destrozado con las cosas que me dijiste que te dejé marchar. ¡Nunca debí haberlo hecho, nunca! Tendría que habértelo dicho entonces, pero no me di cuenta. No me di cuenta de que…

A Alexeis se le quebró la voz.

–Quiero que vuelvas –se limitó a decir.

Carrie mudó la expresión por completo.

–Debes estar loco para pensar eso.

–No. Estoy más cuerdo que nunca.

A Carrie le brillaron un instante los ojos.

–Me refiero a loco por pensar que yo querría volver. Volver a ser tu amante –Carrie habló con voz baja y amarga.

–¡No! –la mano de Alexeis volvió a cortar el aire–. ¡Nunca has sido eso, nunca! Tú no me crees, pero es la verdad, Carrie, te lo juro. Lo que te hice aquella noche en la villa de mi madre, en Lefkali, fue imperdonable. Lo sé, pero te suplico que me perdones. Te utilicé de manera abominable y estoy profundamente arrepentido. Nunca has sido lo que te hice parecer debido a mis egoístas propósitos. Pero te pido que no me juzgues únicamente por el modo en que me comporté contigo en Lefkali. Cuando estuvimos en América, en Italia, cuando estabas conmigo, eras… eras…

Alexeis cerró los ojos mientras un millón de recuerdos se agolpaban en su mente. Volvió a abrirlos y la miró. No permitiría que ella volviera a dejarle.

–Especial –dijo. Se le había quebrado la voz–. Eras especial para mí, Carrie. No fui consciente de cuánto lo eras hasta que me dejaste. Más especial para mí de lo que lo haya sido ni lo será ninguna mujer.

Alexeis aspiró con fuerza el aire y la miró a los ojos. Carrie estaba muy quieta, sin moverse lo más mínimo.

–Quiero que te cases conmigo –dijo él.

Durante un largo instante, Carrie se limitó a mirarlo. Luego habló en voz baja y tirante.

–Ya me hiciste una oferta de matrimonio con anterioridad. Cuando me dijiste que estabas dispuesto a casarte conmigo. A forzarte a casarte porque estaba esperando un hijo tuyo. A hacer el sacrificio de tomarme como esposa porque no tenías otra alternativa. Y entonces –los ojos de Carrie se clavaron en los suyos sin piedad–, el destino te hizo el regalo de apartar de ti aquella penosa obligación. Sin bebé no tenías obligación de casarte.

Alexeis había palidecido.

–No, Carrie. Si no crees nada de lo que digo, al menos cree esto. Nunca, ni por un instante, deseé que perdieras el bebé. Siento más que nada en el mundo que tuvieras que pasar por aquel infierno, y saber que hubieras preferido entregar a tu hijo a unos desconocidos antes que criarlo conmigo me llena de una culpa insoportable. Pero también sé –dejó escapar una respiración–, que hizo falta aquel terrible día en el que me dijiste todas aquellas cosas horribles y sentí el vacío de no teneros ni a ti ni al niño para que abriera los ojos y me diera cuenta de…

Alexeis se detuvo en seco. Y luego, lentamente, continuó.

–Para que me diera cuenta de lo que significas. Para mí eres la persona más importante del mundo –le sostuvo la mirada–. Quiero que estés conmigo. Ahora y siempre –volvió a tomar aire–. Y si odias mi estilo de vida, puedo cambiarlo. Dejaré de dirigir la compañía. Mi padre puede hacerlo. Lo único que quiero es estar contigo donde tú quieras, viviendo como tú quieras vivir. Cuando pensé en que nos casáramos por el niño, me preocupaba que odiaras ser la señora de Alexeis Nicolaides por tener que ejercer socialmente de anfitriona, pero no tenemos que hacer eso. Podemos vivir como reclusos, solos tú y yo.

Carrie lo miró de un modo extraño.

–¿Quieres ocultar a la amante? ¿Mantenerla fuera de la vista?

–¡No! –respondió él con vehemencia–. ¡No es eso lo que he querido decir! Quiero hacerte feliz, eso es todo. No quiero que te sientas nunca menospreciada.

Carrie seguía mirándolo con aquella expresión extraña.

–¿Lo dices porque soy una estúpida?

Los ojos de Alexeis echaron chispas de rabia.

–En este mundo ha habido gente cuya inteligencia sólo ha traído desgracia y destrucción a su paso. Eso no es una virtud. Tú eres virtuosa, Carrie. Tienes todo, todo lo que es importante. Eres dulce y amable. El hombre que tenga la suerte de ser tu esposo será un privilegiado.

–¿Lo dices de verdad? –preguntó ella en voz baja.

–Sí, sin ninguna duda. Ésas son las cosas importantes. Nada más.

Ella apartó la mirada.

–¿Es eso de verdad lo único importante? –Carrie volvió a mirarlo con expresión atormentada–. Soy muy distinta a las mujeres que conoces, a la vida que llevas. Dices que podrías renunciar a todo, pero podrías aburrirte. ¿De qué íbamos a hablar?

–¿De qué hemos hablado hasta ahora? ¿Y me has visto aburrirme en tu compañía? –Alexeis le tomó la mano–. Carrie, lo que teníamos era muy especial. No me di cuenta de hasta qué punto. Sólo sabía que me aportaba una paz como jamás había experimentado. Una paz que sólo tenía contigo. Y eso es lo único que quiero.

Alexeis se detuvo un instante, como si quisiera calmarse, y luego dijo:

–No es culpa tuya que no hayas recibido una educación esmerada. ¿Cómo podría alguien juzgarte por eso? Al ser mi esposa, a nadie le importará la educación que tengas. Bastará con que seas mi esposa.

–¿Tu esposa la mujerzuela?

Alexeis maldijo entre dientes. Lo hizo en griego, pero dio lo mismo.

–Si vuelves a decir una vez más esa palabra para definirte…

–Estúpida, entonces. No demasiado lista. Con una única neurona. Dulce pero boba. Eso es lo que piensas de mí, ¿verdad? ¿No es eso? Por mucho que estés intentando decirlo con amabilidad, al final lo que crees es que no estoy intelectualmente a tu altura. No entiendo por qué quieres casarte conmigo.

Alexeis guardó silencio durante un largo instante. A Carrie le latía con fuerza el corazón en el pecho.

–Quiero casarme contigo por una razón muy clara –dijo entonces en voz baja–. Porque me he enamorado de ti.

Se hizo el silencio entre ellos.

–Y cuando amas a alguien, Carrie, no te importa nada más. Cuando amas a alguien, las diferencias desaparecen –Alexeis clavó los ojos en los suyos–. ¿A ti no te sucede lo mismo?

Carrie palideció. No podía responder. No debía. Se limitó a quedarse mirándolo con ojos angustiados.

–Dímelo, Carrie. ¡Dime que no es verdad! –le urgió con premura–. ¡Dímelo!

–Me dije a mí misma que yo no era como esa pobre tonta de Madame Butterfly –sus palabras sonaban angustiadas–. No sólo porque ya no tendría que tener el hijo de un hombre para el que yo no era más que una diversión, una novedad –el rostro de Carrie palideció, pero siguió hablando–, sino por una diferencia fundamental. Yo no me había enamorado de ti. Tal vez sea estúpida, pero no tanto. Me agarré a eso desesperadamente cuando tuve que enfrentarme a la verdad sobre ti. Pero no fui capaz de engañarme.

Los ojos de Carrie buscaron los suyos.

–¿Lo crees de verdad, Alexeis? ¿Crees que el amor hace que desaparezcan las diferencias?

Alexeis no vaciló ni un instante al contestar.

–Sí. Lo creo con todo mi corazón.

Estiró el brazo para tomarle la mano. Se moría por volver a sentirla. Pero entonces pasó alguien por delante de las estanterías de libros, una de las vendedoras, que se dirigía al almacén. Alexeis vio cómo la mujer clavaba los ojos en Carrie y se detenía.

–Oh –dijo con entusiasmo–, justo la persona que buscaba. No la he visto entrar. ¿Ha venido a recoger los libros que había pedido, doctora Richards?

Capítulo 13

CARRIE no tenía muy claro qué le había dicho a la vendedora, no se dio cuenta de que la mujer asintió y entró en el almacén. De lo único que fue consciente fue de que una mano fuerte como el acero le había agarrado la muñeca.

–¿Cómo te ha llamado esa mujer?

Carrie posó los ojos en el rostro de Alexeis, donde se dibujaba la estupefacción.

–Me ha llamado doctora Richards –respondió con voz inexpresiva–. Porque eso es lo que soy. Aprobé el doctorado de investigación el año pasado, el año que murió mi padre. Él era investigador en esta universidad, y yo hice una investigación posdoctoral en su antiguo departamento.

Alexeis tenía la mirada fija en ella. Entonces la deslizó hacia su bolso, que estaba sobre la mesa. El contenido se asomaba. Alexeis le soltó la mano y se acercó al libro que estaba encima de los demás.

–Inhibidores de la tirosina quinasa y neoplasia humana –leyó en voz alta.

–Bioquímica –dijo Carrie con el mismo tono inexpresivo–. Mi área de de investigación son los procesos oncógenos. Es decir, cómo se conectan los genes relacionados en el desarrollo de un tumor cancerígeno, y cómo pueden desconectarse. Ésa era también el área de investigación de mi padre. Continuó trabajando en ello hasta el final.

Carrie apartó la mirada. Todavía le resultaba muy

doloroso pensar en lo decidido que estaba su padre a seguir viviendo mientras su investigación estuviera en curso.

–¿Y a qué venía la farsa de la camarera? –la aspereza de la voz de Alexeis borró el fantasma de su padre.

–No era ninguna farsa –respondió ella con voz templada–. Mi padre consiguió vivir un año y medio más de lo que le habían pronosticado porque tomaba unas medicinas que no cubría la Seguridad Social. Eran extremadamente caras, y para pagarlas tuvimos que hipotecar nuestra casa. Cuando él murió, lo que no se fue en pagar impuestos se fue en pagar la hipoteca. Fue algo a lo que yo accedí de buen grado, no sólo porque me daba más tiempo para estar con él, sino porque su trabajo lo era todo para mi padre. Me dejó todos los archivos de su investigación y, aunque tuve que salir de Marchester, uno de sus colaboradores de la Universidad de Londres, trabajó conmigo para poder publicarla. Me pasaba los días trabajando en ello, pero también tenía que ganarme la vida, así que me busqué un trabajo por las noches. Cuando… cuando te conocí, acababa de enviar el trabajo de mi padre. Pero decidí seguir trabajando en Londres en lo que pudiera, porque sabía que me habían aceptado aquí para llevar a cabo una investigación posdoctoral en el nuevo curso académico.

Carrie tomó aire.

–Poco después de regresar a Londres desde Lefkaly, recibí una noticia inesperada. Mi supervisor me escribió diciéndome que habían conseguido financiación extra y que podía incorporarme a mi plaza de inmediato. Así que regresé a Marchester.

Alexeis guardó silencio unos instantes.

–¿Te divertiste engañándome, Carrie? ¿Haciéndome creer que eras quien no eras? –preguntó con dureza.

La expresión de Carrie se tensó.

–No te he engañado, Alexeis. Me he pasado toda la vida rodeada de científicos. Mi madre era psicóloga y mi padre, bioquímico. Es lo único que he conocido. En todo lo demás soy una ignorante. Se muy poco de historia, y nada de arte, literatura, economía, ópera o política. Sólo sé de bioquímica. Pero cuando alguien empieza hablar de bioquímica con la gente, se van. Aprendí a no hablar mucho. Y también aprendí…

Carrie se detuvo bruscamente.

–Continúa –le pidió Alexeis.

Los ojos de Carrie brillaron durante un instante.

–Aprendí que a los hombres que van detrás de las rubias atractivas no les gusta enterarse de que tienen un doctorado en investigación.

–Así que te haces la tonta –murmuró él con frialdad.

–¿Qué crees que debería hacer? –respondió Carrie–. ¿Anunciarle a todo el mundo que soy doctora en bioquímica? ¿Soltarlo como quien no quiere la cosa en una conversación?

Alexeis apretó los labios.

–Podrías habérmelo dicho.

Carrie se encogió de hombros.

–¿Para qué? En su momento no me pareció relevante –su voz se hizo más baja–. Pero ya ves, Alexeis, nunca me di cuenta de que me considerabas una mujerzuela. No sabía que tenía que demostrarte que no lo era.

–Lo que hubo entre nosotros nunca fue tan sórdido –aseguró Alexeis–. Dime algo. Dímelo de verdad.

Los ojos oscuros de Alexeis se clavaron en los suyos. Carrie sintió su poder, y sintió su propia debilidad.

–Dime –siguió él–, si te hubiera llevado a… a otro lugar menos exótico, porque era el único lugar que podría permitirme, y hubiera esperado que tú pagaras la mitad, ¿habrías venido conmigo, Carrie? ¿Lo habrías hecho?

Carrie sintió una presión en el pecho. El poder de sus ojos seguía atenazándola.

–Sí –susurró.

–Y si yo fuera un sencillo camarero, ¿habrías venido conmigo?

–Sí –el susurro sonó todavía más bajo.

–Y si ahora estiro el brazo por encima de la mesa –Alexeis movió la mano y le agarró con ella la muñeca, esta vez con exquisita suavidad–, y te atraigo hacia mí…

La otra mano de Alexeis fue a parar a su nuca. La delicada presión de sus yemas le provocó millones de escalofríos y le obligó a abrir los ojos de par en par, indefensa, mientras la boca de Alexeis rozaba la suya con ternura, fundiendo el cuerpo y el alma de Carrie con la suya.

–¿Vendrías conmigo el resto de tu vida? ¿Lo harías, doctora Carrie Richards, la mujer que tanto amo?

Ella cerró los ojos. Fue lo único que pudo hacer mientras la boca de Alexeis se deslizaba suave y posesivamente sobre la suya.

La emoción la traspasó como una marea que no había manera de detener.

Se escuchó el ruido de una garganta al aclararse, y una tos avergonzada.

Carrie se apartó de Alexeis sintiéndose culpable.

–Sus libros, doctora Richards –dijo la vendedora colocando dos tomos delante de ella–. Se los cargo a su cuenta, ¿verdad?

–Sí, gracias –respondió Carrie con las mejillas sonrojadas.

–Aunque tal vez no tenga tiempo para leerlos –murmuró la mujer con tono algo envidioso clavando los ojos en Alexeis antes de alejarse.

Alexeis entrelazó los dedos entre los suyos y los apretó con fuerza.

–Si esta universidad es como las demás, la noticia de que la doctora más guapa del campus está siendo seducida por un casanova griego correrá como la pólvora –Alexeis la miró a los ojos–. Quiero ser para ti el mejor marido que cualquier mujerzuela o mujer cerebrito puede desear.

La mano de Alexeis apretó con fuerza la suya.

–Por favor, cásate conmigo. Te amo, y creo que tú también me amas, rezo para que así sea. Y si todavía no es así, haré todo lo que esté en mi mano para conseguir tu amor –Alexeis tomó aire–. Te dije antes que viviríamos donde tú quisieras, y estoy seguro de que por aquí cerca hay lugares maravillosos en los que podrías desarrollar tu trabajo.

Alexeis volvió a aspirar el aire, esta vez con más fuerza.

–Y algún día, cuando estés preparada, confío humildemente en que nos daremos una segunda oportunidad para ser padres.

A Carrie se le nubló la mirada.

–El médico me dijo que probablemente el embrión tenía algún problema, y por eso lo perdí –Carrie se vino abajo y los ojos se le llenaron de lágrimas.

Alexeis le acarició la mejilla.

–Cuando llegue el momento, mi adorada. Entonces serás la mejor madre que un niño podría desear –ahora se le ensombreció a él la mirada–. Eso lo supe también entonces, en Lefkali. Supe que querrías y mimarías a tu hijo.

Alexeis había dicho aquello para consolarla, pero los ojos de Carrie se endurecieron.

–Tu madre no pensaba lo mismo. ¡Creía que mataría a mi hijo a cambio de su maldito dinero! –en su rostro había una expresión dura que Alexeis supo que tenía que suavizar.

–Se equivocó al hablarte así, Carrie, pero no pensaba lo que decía. En absoluto. Cuando se lo eché en cara, me dijo que sólo lo había hecho para ponerte a prueba, Carrie –la voz de Alexeis sonaba triste–. La única idea que tenía de ti era aquella imagen distorsionada que yo había mostrado de ti. Tenía miedo de que hubieras tratado deliberadamente de atraparme, y creyó que al ofrecerte una fortuna para que abortaras demostrarías si eras la mujer adecuada para ser mi esposa.

Alexeis aspiró con fuerza el aire.

–Carrie, si no puedes perdonarla, lo comprendo, pero... –su expresión cambió–, ella me mandó a buscarte porque le dije que sin ti mi vida no tenía sentido. Vine a buscarte con sus bendiciones, amor mío.

Carrie lo miró fijamente.

–Pero ella no puede querer que yo sea tu esposa. ¿Cómo puede ser? Me dijiste que buscaba una heredera para ti.

–Al parecer, lo hacía pensando en el bien de mi futura esposa, no el mío –Alexeis apretó los labios–. Mi madre no aportó dinero a su matrimonio, sólo posición social, algo que mi padre no tenía porque es un nuevo rico. Cuando se casó con ella, adquirió su estatus, así que cuando yo nací, como no podía tener más hijos, se convirtió en algo superfluo. Mi madre no quiere eso para mi esposa.

Alexeis la miró directamente a los ojos.

–No henos sido una familia feliz. Ha habido odio, amargura y rabia. Pero eso ha terminado. No aportaré esa espantosa herencia a nuestro matrimonio –la expresión de Alexeis se iluminó–. Lo que aportaré será una esposa que nunca será como Kyria Nicolaides. Tú, mi amor –Alexeis se llevó la mano de Carrie a los labios–, serás la doctora Nicolaides.

La ayudó a ponerse de pie y le colocó la mano en el brazo, agarrando sin esfuerzo la pesada bolsa mientras Carrie recogía sus nuevos libros de texto.

–Te amo, doctora Carrie Richards futura Nicolaides –le dijo él con ternura–. Ahora y siempre y durante todos los días de nuestra vida, con toda mi alma y todo mi corazón. E incluso –los ojos de Alexeis brillaron–, con mi cerebro inferior.

–Tonto –dijo Carrie.

Pero tenía la voz entrecortada por la emoción. Una felicidad mayor a la que nunca había conocido la embargaba. Buscó la mano de Alexeis y la apretó con fuerza.

–Yo también te amo –susurró.

–Bien –dijo Alexeis–. Eso demuestra lo inteligente que eres.

Y entonces la besó.

Epílogo

CARRIE estaba en lo alto de la impresionante escalinata de madera que llevaba al vestíbulo inferior. Aunque había oscuridad, las brasas mortecinas del fuego de la chimenea de piedra proporcionaban un brillo cálido a la habitación. Los adornos del árbol de Navidad que se alzaba hasta el techo resplandecían. Carrie se apoyó contra la balaustrada tallada y exhaló un suspiro de felicidad. Aunque sólo llevaba puesto un negligé de seda, la mansión victoriana que Alexeis había comprado para ellos en la zona rural que rodeaba Marchester estaba muy bien caldeada.

Se escucharon unos pasos en el rellano. Carrie giró la cabeza, y, como le sucedía siempre, el corazón le dio un vuelco al ver la poderosa y alta figura de Alexeis, todavía vestido de esmoquin, pero con el cuello abierto y al lazo de la pajarita suelto, dirigiéndose con paso decidido hacia ella. Carrie contuvo la respiración. El amor flotaba dentro de ella, y el pulso se le aceleró.

Alexeis distinguió su expresión y respondió con igual ternura cuando se acercó para agarrarla de la suave cintura. Carrie exhaló un suspiro de alegría y se agarró de sus poderosos antebrazos.

–Mi hermosa Carrie –sonrió él depositándole un beso en la frente–. Es hora de irse a la cama –dijo antes de girarse para mirar hacia el vestíbulo de abajo–. Creo que ha ido bien –aseguró con tono de satisfacción.

Carrie sonrió.

–Sí, creo que sí –reconoció–. Y tengo que decir –murmuró con voz traviesa–, que eres un espléndido barón que celebra espléndidas fiestas en su mansión.

Alexeis la miró.

–¿Eres feliz aquí? –le preguntó.

En su voz había un tono de interés que la conmovió.

–Me encanta estar aquí –aseguró con firmeza–. ¡Y me ha encantado la primera fiesta de Navidad que hemos celebrado! Y me ha encantado que hayas invitado a todo el departamento de bioquímica…

–Son tus compañeros. ¿Cómo no iba a invitarlos? Aunque la verdad es que no he entendido casi nada de lo que decían –aseguró componiendo una mueca.

Alexeis bajó la cabeza y la besó en los labios.

–Y yo, mi adorada Carrie, soy más feliz de lo que nunca creía posible. Tengo todo lo que puedo desear, todo lo que quiero y más. A ti, que eres mi amor, mi corazón, y la razón de mi vida.

Alexeis la abrazó con fuerza y ella dejó escapar un leve gemido. ¿Cómo pudo haber pensado alguna vez que no lo amaba? ¿Cómo pudo pensar alguna vez que no necesitaba que estuviera a su lado durante toda su vida?

¿Cómo pudo pensar que se trataba sólo de una fantasía, cuando Alexeis era la persona más real y más importante del mundo para ella?

Una oleada de tristeza atravesó su felicidad. Aunque Alexeis la había trasladado a una fantasía, ahora él formaba parte de la realidad de su vida, y se sentía como en casa en aquel mundo tan extraño que era el suyo, como si siempre hubiera estado allí. Había renunciado a su vida de trotamundos para estar con ella.

–Me hubiera gustado que mi padre te conociera –murmuró Carrie–. Ojalá estuviera todavía aquí. Pero estoy muy contenta de que tu madre forme parte de nuestras vidas.

–¿No te dije que sería así? ¿Y no te he dicho también que… –los ojos de Alexeis brillaron de un modo que hizo que a Carrie volviera a darle un vuelco el corazón, y la estrechó contra sí–, que es hora de irse a la cama?

Alexeis la tomó en brazos con decisión. El negligé de seda se arrastró por el suelo mientras él la llevaba al dormitorio. Carrie se agarró a él cuando la colocó sobre la cama.

–¿Y te he dicho ya –Alexeis se puso encima de ella. El cabello de Carrie se esparcía como una bandera sobre la almohada–, lo mucho que te amo, doctora Nicolaides?

–Como un millón de veces –susurró ella mirándolo con la cara iluminada por el amor–. Pero no dejes de decírmelo nunca.

–Todos los días de mi vida –le prometió–. Y, por supuesto –Alexeis comenzó a besar su dulce boca con caricias seductoras y suaves que convirtieron el cuerpo de Carrie en una llama de fuego–, todas mis noches.

Bianca™

Aquella joven inocente e inexperta no tardaría en convertirse en su amante...

Tallie Paget se había mu-
ado a Londres para hacer
ealidad sus sueños, por eso
uando le ofrecieron cuidar
e aquel elegante aparta-
nento, aceptó, encantada
on su buena suerte...

El millonario Mark Bene-
ict se quedó de piedra al
olver a su lujoso aparta-
nento londinense. Pero la
orpresa de encontrar a Ta-
ie en la ducha de su dormi-
orio no le resultó nada de-
agradable. Mark vio de
nmediato las posibilidades
e su hermosa e inocente
uésped... y Tallie no pudo
esistirse a los encantos de
Aark...

En busca de un sueño

Sara Craven

¡YA EN TU PUNTO DE VENTA!